La Oveja Negra

D1522818

Ana Vacarasu

A mis hijos y a ti,
por ayudarme a hacerlo posible

Atardeceres rojos se adentran en el mar,
Reflejos de tu alma sembrando en el camino.
Las sombras alargadas vigilan tu andar,
Reflexiones tristes marcando en tu destino.

1

En la pequeña ciudad alicantina, como en todo el sudeste del país, un verano adelantado marcaba los días del mes de mayo.

A las siete y media de la mañana, el sol ya penetraba a través de las ventanas de la cocina, augurando un día de calor. El olor a café recién hecho flotaba en el aire, y la voz de Nina Simone acompañaba los pasos de Melisa. Dos tostadas con aceite de oliva y un café bien cargado, constituían su frugal desayuno. Pocos minutos más tarde, se escuchó el timbre de la puerta y ella supo que había llegado Sonia. Calzó sus zapatillas, cogió la llave y el teléfono móvil y salió por la puerta.

Todos los domingos iban juntas a hacer jogging, dos horas más o menos, dependiendo del tiempo que hiciera.

Normalmente, la ruta que seguían al salir de su casa iba por la Calle Mayor, para adentrarse luego en el parque Santa Catalina. Siempre era el mismo trayecto. Rodeaban el parque, llegaban a la capilla dedicada a la santa, para bajar después la ladera rodeada de árboles, que escondía el lago con el mismo nombre de Santa Catalina.

Más tarde, volvieron por el mismo camino y el reloj de

pulsera de Sonia indicaba las nueve, al salir de vuelta a la Calle Mayor.

Como en cualquier mañana de domingo, había pocos transeúntes. Una abuela con su caniche cruzando la calle para adentrarse en el parque, y una pareja que salió de un portal, para montar luego en un coche de alta gama. De vez en cuando pasaba algún autobús y una sirena rompía el silencio en alguna parte de la ciudad.

De repente, de una calle que hace esquina con la Calle Mayor, apareció un grupo de jóvenes, cortándoles la marcha. Dos chicas llevando unas botellas de cerveza en la mano, un chico con el cuello cubierto por un tatuaje, y otro con varias cadenas doradas brillándole en el pecho.

Melisa trató de esquivarles y escaparse hacia la calzada, pero el del tatuaje la agarró de un brazo, empezando a ladrar como un perro, echándole el tufo a alcohol en la cara.

El miedo se apoderó de su cuerpo. Quería gritar para pedir ayuda, pero no pudo hacerlo. Mirando hacia donde se encontraba su amiga, la vio intentando escaparse de las dos chicas, que la empujaban de una a otra, riéndose. El del tatuaje, sujetándole la cara con una mano, le preguntó:

— ¿Cómo te llamas, nena?

Ella apenas pudo abrir la boca. Le dijo su nombre y él le pidió que lo repita y que le mire a la cara. No pudo hacerlo, el miedo era visceral. Una bofetada le cayó de repente y el golpe le hizo girar la cabeza hacia donde se encontraba su amiga. Estaba caída al suelo entre esas dos, pidiéndoles que no le hagan daño.

Sintió sus lágrimas cayéndole por la cara y el sabor a sangre en la boca.

El de las cadenas doradas se le acercó por detrás y empezó a tocarle el trasero, mientras el otro, sujetándola con fuerza, le subió la camiseta y empezó a lamerle los pechos por encima del sujetador. Todo el cuerpo le temblaba. Notaba su pulso empujándole salvajemente la sangre en el cuello. Una botella se rompió contra el cemento. Sonia

2

gritó y una de las chicas le dijo "cállate zorra".

Luego Melisa vio acercándose sigilosamente a una persona, un joven delgadito vestido de negro. Los asaltantes no se dieron cuenta hasta que el del tatuaje le cayó encima, empujado por un golpe en la espalda. El otro quiso decir algo, pero no le dio tiempo. Un golpe certero en el cuello lo empujó hacia atrás. Bloqueada por el shock y todavía sin poder mover los pies, se sorprendió al darse cuenta de que era una chica.

Vio su pierna derecha saliendo como una flecha hacia delante y dándole en la entrepierna al del tatuaje. Su amiga luchaba para levantarse del suelo. Una de las asaltantes le apretaba el pecho con su bota contra la acera. La otra, sentándose de rodillas a su lado le rajó la cara con un trozo de vidrio.

El grito salvaje de Sonia hizo aparecer algunas caras en los balcones de los edificios más cercanos, pero parecía que nadie quería meterse en líos de esa índole. Por la otra acera pasaba una pareja, alejándose a toda prisa.

La misteriosa salvadora agarró de un brazo a la que sujetaba a Sonia, y con la velocidad del rayo le soltó un puñetazo en la cara. La otra empezó a decir "puta zorra, ¿quién coño eres?" pero a ella también le cayó un rayo en la cabeza. Tambaleándose, desaparecieron ambas, cuando la sirena de un coche rompió el aire.

Uno de los chavales, todavía en el suelo, no paraba de decir: "te voy a matar puta, joder". Melisa empezaba poco a poco a razonar, se acercó a su amiga que se tapaba la cara con la mano, la sangre de la herida bajándole por el cuello.

La sirena se escuchaba cada vez más cerca. Algún vecino habrá hecho la llamada. Bastante maltrechos, los chicos también intentaban escaparse, pero le cayó a cada uno un par de golpes que les mantuvo quietos. El coche de policía por fin llegó, dos agentes bajaron, miraron primero a Sonia, luego uno de ellos llamó a la ambulancia, y el otro se ocupó de los chavales.

Miró a su alrededor buscando a la misteriosa guerrera.

Pero ella ya no estaba y ni siquiera se había dado cuenta cuando desapareció, tan silenciosa como había llegado. El agente le preguntó por su nombre y el de su amiga y no dejaba de sonreír.

— ¿Fue usted la que les propinó la paliza a esos idiotas?

—No, no fui yo, había alguien más aquí, una chica que apareció como de la nada, pero no sé dónde está. Fue ella.

El siguió apuntando todo en una libreta mientras el otro empujaba a los asaltantes hacia el coche. Uno de ellos empezó a decir: "poli asqueroso, madero de mierda" y el agente le dio un puñetazo en el estómago, y sus protestas cesaron de repente. El otro no se atrevía a decir nada.

Luego llegó la ambulancia y el personal sanitario atendió a Sonia.

Mientras contaba lo ocurrido, Melisa recordó un detalle: esa chica llevaba un piercing en la nariz, una bolita plateada. Se lo dijo al policía, que continuaba apuntando, y luego confirmó con la cabeza, como quien acaba de darse cuenta de algo.

— ¿Vestía de negro esa chica?

—Sí, sí, creo que hasta las zapatillas eran del mismo color.

El movió otra vez de arriba abajo la cabeza, pero sin decir nada más.

Melisa pensó en la camiseta que esa joven llevaba, con un rayo rojo atravesando el fondo negro. Luego, en su cabeza encontró cierta similitud entre lo que acababa de ocurrir, y el triste desenlace de la película aquella, en la que Jodie Foster hacía de justiciero.

El temor a lo que pudo haber pasado le invadió el cuerpo como una ola de frío, pero sacó fuerzas de donde pudo, se secó las lágrimas con las manos y luego se subió a la ambulancia. Tenía que acompañar a su amiga al hospital.

2

La llevaron directamente al quirófano.

Esperando en el pasillo, Melisa empezó a repasar mentalmente todo lo ocurrido, como imágenes de un pasado reciente, que todavía no lograba asumirlo como suyo propio.

Todo le resultaba demasiado increíble, la ciudad en la que llevaba tantos años viviendo, nunca le pareció ser peligrosa. Seguía en sus cavilaciones cuando se abrió la puerta del quirófano y sacaron a Sonia sedada y con la cabeza casi totalmente vendada, para llevarla a una sala de recuperación. Ella se acercó y preguntó al médico por el estado de su amiga.

—Estará bien, le dimos casi una docena de puntos, pero el corte no es profundo

—intentó tranquilizarla este, mientras se quitaba el gorro verde de la cabeza, soltando una cascada de pelo negro que le caía llegándole casi hasta los hombros—. Con un poco de suerte, no se le notara mucho la cicatriz. Déjela descansar, usted misma creo que necesita ser examinada.

—Y le miró preocupado la cara.

Melisa se había olvidado de la bofetada que le había dado el del tatuaje. Su mano notó algo de sangre seca en el labio superior y en la nariz.

—No se preocupe por mí, no es nada, estoy bien. Iré a

casa a lavarme y volveré para cuando se despierte Sonia.

—Me parece muy bien señorita, cuídese —le aconsejó el médico, alejándose después por el pasillo.

Ella se dirigía ya hacia la puerta de salida, cuando se dio cuenta de que no llevaba dinero encima. No tenía con que pagar algún medio de transporte para llegar a su casa. No muy lejos del hospital, calle abajo, estaba la parada de taxis. Se dirigió hacia allí, pensando que con un poco de suerte, alguno aceptaría llevarla, y esperaría luego a que subiera a por dinero. Al llegar al primero, vio que estaba vacío. "El taxista habrá ido a tomarse un café" —pensó acercándose después al segundo de la fila. La puerta del coche se abrió desde dentro, ella dio "buenos días" y dobló el cuerpo hacia delante para mirar al conductor. Y no pudo decir nada más, porque era ella, la taxista era la chica misteriosa. Se le quebró la voz y empezó a reírse con una risa tonta, sintiéndose embargada por una extraña emoción. No había duda alguna: la bolita plateada en la parte derecha de la nariz, la camiseta negra atravesada por rayo rojo…

—Es usted, ¿verdad? La…la de… —intentaba acabar la frase, pero sin conseguirlo.

Se sentó a su lado, ella le sonreía, y a Melisa le pareció que acababa de salir el sol. Sus ojos tenían un brillo peculiar y la sonrisa le iluminaba la cara. De nuevo tuvo la impresión de que era un chico. El pelo rubio con un corte más bien masculino, el cuerpo delgadito y los pechos apenas notándose bajo la camiseta.

—Buenos días. Vaya coincidencia, parece que hoy es mi día de aventuras.

—No sabe cuánto me alegra encontrarla —le dijo Melisa. Quería darle las gracias, pero desapareció usted tan rápido, que empecé a pensar que solo fue una ilusión. Pero claro, las ilusiones no mandan al suelo de una paliza a dos chicos.

—Bueno, eso no fue nada, no me tiene que dar las gracias —le contestó, como queriendo quitar hierro al asunto—. Me alegra haber llegado a tiempo, más o menos. Lo digo por su amiga. Por cierto, ¿cómo se encuentra ella?

—Está en recuperación. Le dieron casi una docena de puntos, pero el corte ha sido superficial, eso dijo el médico.

—Me alegra saberlo. Entonces, ¿hacia dónde?

Melisa tuvo que hacer un esfuerzo para entender la pregunta. Tenía ganas de darle dos besos, o un abrazo, pero no se atrevía hacerlo. Le dio la dirección, ella puso el coche en marcha y luego, cuando ya estaba en la calzada, giró un poco el cuerpo y le ofreció la mano sonriendo.

—Me llamo Rebeca.

—Yo soy Melisa. Encantada de conocerla.

—Igualmente.

Y su mano volvió al volante y Melisa no dejaba de mirarla. Empezó a decir estupideces del tipo: "¿Hay alguna forma de recompensarla por lo que hizo? Si ni siquiera nos conocía de nada... Ya ve que la gente prefiere mirar hacia el otro lado, no sé si por indiferencia a los problemas ajenos, o por miedo. Usted apareció de repente y, Dios sabe si no nos salvó la vida."

—Tutéame por favor Melisa, y deja de decir esas tonterías. Me invitas a un café, y deuda saldada. ¿Tienes buen café en casa?

—Claro, del mejor. Y me encantaría que te vinieras, porque no llevo dinero encima y ya ves, no podría pagarte si no.

—Esto es chantaje —dijo sonriendo—, pero sí, lo acepto. Y dime una cosa Melisa: ¿por qué no buscáis vosotras otra ruta para el jogging?

A un par de kilómetros hacia el norte, hay un camino que atraviesa una pradera, y supongo que en esta época, también habrá por allí algún tipo de ganado. Es una ruta preciosa, suelo pasar por allí para subir hacia el bosque, cuando el tiempo me lo permite. Me relaja hacer senderismo y mirar los arboles.

—Pero yo nunca pensé que la ciudad podría ser peligrosa, Rebeca. Cuando se pondrá bien mi amiga, le comentaré eso que me dices. Además, hace años que no veo nada de ganado. Eso me hará recordar mi pueblo. Soy de Asturias.

—Yo soy una chica de ciudad, siempre he vivido aquí. A ver, creo que hemos llegado ¿verdad?

—Sí, así es, yo vivo en ese edificio rojo y puedes aparcar justo delante, hay plazas libres. Mira, ese Fiat 500 blanco es mío.

Rebeca aparcó el coche al lado del Fiat y antes de apagar el motor, Melisa vio que en el taxímetro ponía veintidós euros. Subieron después por la escalera a su piso, le indicó a Rebeca donde estaba la cocina y ella se fue a lavarse la cara al cuarto de baño. Rebeca ya estaba sacando dos tazas de un armario, y la cafetera ya burbujeaba, cuando Melisa volvió del baño.

—Más o menos, todas las cocinas son iguales, y tú tienes todo muy bien ordenado. Resulta fácil encontrar las cosas. Yo soy un poco caótica —mencionó Rebeca.

— ¿Te apetece tomar otra cosa, además del café? —le ofreció Melisa.

—La verdad es que me rugían las tripas y no sabía por qué, pero ya son las once y media, así que no te diré que no.

Melisa sacó unas lonchas de jamón, luego cortó un trozo de queso fresco. En la cesta de pan, todavía quedaban tostadas de esa mañana. "Vaya, como si fuese en otra vida" —pensó recordando lo ocurrido.

— ¿Cuántos años tienes, Rebeca? —le preguntó.

—Veintidós. ¿Y tú?

—Yo acabo de cumplir veintiocho. ¿Tienes hermanos? Familia, quiero decir.

—Sí, una hermana. Tiene la misma edad que tú.

Y siguió comiendo, pero pareció que le había incomodado hablar de su familia. Melisa cambió de tema.

—Todavía me cuesta creer lo de esta mañana. ¿Por qué tuvieron que meterse con nosotras esos jóvenes?

— ¿Tú crees que hace falta tener motivo para esto? Esos habrán salido de alguna discoteca. Ya sé que cerraron hace horas, pero los chulitos como esos, se quedan a beber en alguna esquina, o se meten en alguna lonja para tirarse a las idiotas que van con ellos. Parece que no conoces el mundo en el que vives, Melisa —le dijo en un tono como de reproche—. Lo que se puede ver por la calle de madrugada, sobre todo después de los botellones, ni te lo imaginas.

— ¿Desde cuándo haces esto, Rebeca?

— ¿El qué?

—De taxista, quería decir.

—Aja, pensaba que te refieres a la paliza, ja ja —se reía, y su risa era cristalina como el tintineo de los cascabeles.

—Con el taxi, casi tres años. No fui a la universidad, así que tenía que vivir de algo ¿no? El coche me lo compro Verónica, mi compañera de piso y mi mejor amiga.

—Una amiga rica, supongo. El coche, por lo que vi, es un modelo relativamente nuevo de la marca.

—Sí, bien dicho, relativamente nuevo, ya que sacaron después unos cuantos más. Y lo de ser rica, también es relativo. Yo no diría que ella lo es, porque el dinero no le dura nunca. Ella prefiere compartirlo, hacer este tipo de regalos, aunque luego no le quede ni para los gastos de la casa. Es una persona muy generosa y un tanto peculiar —dijo sonriendo, pensando en su amiga. Luego, con la misma sonrisa en la cara, continuó explicando:

—Verónica es asesora informática, oficialmente hablando, aunque a eso que ella hace, se le suele llamar de otra forma. Es una bestia en la red. Ya veo cómo te has quedado, ja ja…

—No, no es por eso. Es solo que lo veo como otro "pequeño detalle" añadido a este domingo.

Empezaron a reír, y Rebeca le contó que a su amiga la contrataban detectives privados, sobre todo los que no tenían habilidad suficiente para apañárselas con las nuevas tecnologías. Y hasta alguna agencia de seguridad extranjera.

—Algo al estilo Sálander, sabrás lo que quiero decir.

—Sí, claro. Interesante, como tú y todo relacionado contigo.

— ¿Qué dices? Yo soy bastante normalita. ¿Tú qué haces,

Melisa?

— ¿Cómo?

—Que ¿en qué trabajas? Con todo esto —dijo señalando a su alrededor—, supongo que ganas bien.

—Pues, ahora que lo pienso, no sé si por lo que ocurrió esta mañana, ya sabes, ese momento de reflexión, cuando empiezas a valorar todo lo que tienes, pero sí, me va bastante bien. Sonia y yo tenemos una inmobiliaria, y aunque habían bajado un poco los ingresos por la crisis, no nos quejamos. La verdad es que estoy contenta, y sobre todo, me gusta lo que hago. Estudié administración pública, pero luego no me pareció interesante trabajar como funcionaria. Conocí a Sonia y al principio trabajé para ella. Más tarde, cuando conseguí reunir dinero, le compré mi parte y nos hicimos socias. Y la verdad es que nos llevamos bien —concluyó Melisa.

— ¿Tienes pareja?

—Actualmente, no. Tuve algunas relaciones, pero nada bastante serio hasta el momento. No sé, es posible que sea demasiado exigente con los hombres. O es que todavía no he encontrado al que me haga perder la cabeza. Sonia sí, tuvo pareja. De hecho, estuvo casada, pero se divorció hace dos años más o menos. Una historia triste, ella sufrió mucho. Hijos no tenemos, ninguna de las dos.

¿Tu vida cómo es, Rebeca?

— ¿Mi vida?

Y pareció encerrarse de repente dentro de sí misma, y una sonrisa triste se le dibujó en la cara. Su incomodidad era más que notable. Miraba su reloj de pulsera, y luego pareció recordar que tenía que llevar a alguien al aeropuerto.

Melisa no insistió, sólo le preguntó si estaría por allí con el taxi, para volver a verla algún día.

—Claro que estaré, tengo que ganarme la vida —le contestó Rebeca—. Y piensa en lo que te dije sobre esa ruta. Solo hay que salir por la principal hacia el norte, y tomar el primer camino a la derecha. No tiene pérdida, ya verás. Y allí hay bastantes sitios para dejar el coche si os parecería demasiado largo el camino para ir andando.

—Lo haremos, te lo prometo.

Rebeca iba hacia la salida, cuando Melisa se dio cuenta de que no le había pagado. Le pidió que espere mientras buscaba su cartera y sacaba de ella un billete de veinte y otro de diez euros.

—Es demasiado dinero, Melisa —le dijo.

—No te preocupes por esto, Rebeca. Por cierto, antes de irte ¿te importaría dejarme tu número de teléfono?

—Claro que no, mujer.

Y le dictó el número, que Melisa guardó en la agenda de su teléfono y luego le preguntó:

— ¿Dónde aprendiste eso? Ya sabes, el kárate, o como se llame, yo no tengo ni idea sobre esas cosas.

— ¿Eso? Te diré otro día, de verdad tengo que irme. Gracias por todo.

— ¡No, gracias a ti Rebeca! Nos salvaste la vida. Me repito, perdona, pero todo eso era como una pesadilla, y de repente apareciste tú, como un ángel de la guarda.

— ¿Un ángel? Esto sí que es bueno —le contestó riéndose—. Que sepas que me llaman "la oveja negra". Ya sabes, esa que va un poco perdida del resto del rebaño, pero no me pidas que te lo explique, porque de verdad, tengo que irme. Y venga ya mujer, dame ese abrazo que no te atreves a pedirme.

Melisa la envolvió con sus brazos, le dijo "gracias" en el oído, y la misteriosa guerrera salió de su casa, pero no de su vida.

3

Pasaban ya de las cinco de la tarde, cuando Rebeca volvía del aeropuerto, aparcaba el taxi delante del edificio y se adentraba luego en el apartamento que compartía con Verónica, su amiga. La echaba de menos, ese viaje a Argentina se estaba alargando demasiado. Verónica era lo más bonito que haya pasado por su vida, excepto Lucas.

Se cambió de ropa poniéndose un pantalón corto azul celeste y una camiseta holgada de algodón crudo. Dentro de su casa, se permitía el "lujo" de llevar otros colores aparte del negro. Recogió algunas cosas que estaban tiradas, reflexionando sobre esa manera suya de ser, tan desordenada. Sabía que a Verónica le molestaba un poco el desorden y se apuntó mentalmente eso como una tarea pendiente. Luego se metió en la cocina y sacó de la nevera un filete de ternera, que tiró a una plancha eléctrica, mientras pensaba sobre lo ocurrido esa mañana.

Lo primero que acudió a su memoria fue el momento en que vio a ese chico manoseando el busto de Melisa. Luego surgieron imágenes de su pasado, esas que la atormentaban y a las que tanto le hubiera gustado borrar de su memoria, pero sin conseguir hacerlo. A veces se mezclaban con otras, que le dolían aún más. Ese otro tipo de dolor, más agudo, más desgarrador. Y los sonidos que acompañaban a esas imágenes, hiriéndola como una garra afilada que se le clavaba en el corazón.

Todavía recordaba a Lucas, oía sus jadeos entrecortados y salvajes. Podía ver el cuerpo de su hermana balanceándose y su pelo rizado tapándoles desde arriba las caras a los dos. La puerta del cuarto entreabierta y Lucas, su Lucas al que reconoció por el tatuaje que se hizo unos meses atrás en el brazo derecho. Ese dibujo que pretendía representar su amor por ella…

¿Por qué no conseguía olvidarlo todo?

Recordaba que, al apartarse de la puerta de su hermana, había buscado dejar algo que denote su visita inoportuna. Luego había salido por la puerta sigilosamente, llevando sus pertenencias metidas en un bolso deportivo de viaje. La rabia y el dolor la cegaban y apenas fue capaz de poner el coche en marcha. Le temblaba el cuerpo y notaba el castañeo de los dientes, como el galope de un caballo desbocado.

No volvió a entrar en esa casa, esa maldita casa que fue como una cárcel para ella. Una cárcel cuyas paredes guardaban secretos sórdidos, temores y suspiros de impotencia.

Tampoco podía olvidar la hipocresía y la crueldad de los que fueron sus carceleros, sus respetables padres. Tan decentes y educados de cara al mundo, y tan perversos entre las paredes de su casa. Sobre todo él… El padre perfecto, el marido ideal y el abogado prestigioso al que muchos envidiaban. Ese era su padre. Eso aparentaba ser.

El ser repugnante, que todavía después de muerto, seguía atormentando su vida .La perseguía en las pesadillas que marcaban dolorosamente sus noches, como el hierro candente que marca la piel de una res. Un signo de pertenencia del que parecía imposible desprenderse.

Ya no le apetecía comer nada.

Se metió bajo la ducha, y el agua caliente le lavó las lágrimas, y el sudor que dejaba el dolor al respirar por los poros de su piel. Se quedó largo rato sentada en el suelo de la ducha, con el chorro de agua cayendo sobre su espalda. Luego se levantó con esfuerzo —esos recuerdos siempre la agotaban. Después de envolverse en un albornoz fino de algodón, se fue a su cuarto. Se acostó sin deshacer la cama

y se quedó dormida enseguida. La luz tenue del atardecer dibujaba círculos dorados alrededor de su cuerpo.
La luz nunca le impedía dormir.
En la oscuridad y en las sombras, habitaban los demonios que la perseguían.

4

Melisa se sentó en el borde de la cama, empezando a contarle a Sonia sobre el encuentro con Rebeca. La asombrosa casualidad de haber dado con ella cuando buscaba un taxi, lo agradecida que estaba, y el placer de que le hubiera aceptado ella tomar un café en su casa. Sonia movía la cabeza intrigada. Ese detalle de "la oveja negra", no hizo más que aumentar su curiosidad, en cuanto Melisa se lo dijo.

—No puede ser sólo por la vestimenta, ¿no crees?

—No me lo explicó, solo me habló un poco de su familia. Bueno, me dijo que tiene una hermana, pero me quedé con la sensación de que no le agradaba mucho hablar del tema.

— ¿Y el teléfono?

— ¿Qué?

—Su número de teléfono. Se lo habrás pedido, ¿verdad?

—Sí, sí, lo tengo. ¿Sabes? Tampoco quiso explicarme eso del kárate, o lo que sea que sea que practica. Dijo que tenía que marcharse para llevar a alguien al aeropuerto. Pero bueno, pensándolo bien, nadie te contaría su vida el primer día que te conoce —remarcó Melisa.

—Dios sabe que podría habernos pasado si ella no hubiera aparecido —añadió Sonia, pensativa.

—Sí, tienes toda la razón. Yo estaba allí como una estatua de piedra, viendo como ésas dos te hacían daño y sin intervenir. Perdóname Sonia, es que no podía moverme, estaba paralizada de miedo.

—Pero ¿qué dices, por Dios santo? Si todo eso pasó tan rápido… Y la aparición de ella, que por cierto, yo la vi desde donde estaba caída en el suelo, con la bota de esa chica apretándome el pecho. "¿De dónde habrá salido esta joven?" pensé, aunque al principio me pareció ser un chaval.

— ¿Lo ves? Eso mismo creí yo, por el cuerpo delgado, el corte de pelo… en fin, cambiando de tema ¿no deberías llamar a tus padres, Sonia?

—Todavía no. Creo que sería mejor no asustarles, ya sabes cómo se preocupan por mí, con sólo saber que tengo una gripe.

—Cómo quieres. Entonces, yo volveré mañana para llevarte a casa en cuanto te den el alta.

—Melisa, llámala por favor. A Rebeca, quiero decir. A ver si la convences de que me haga una visita mañana, a mi casa. No pensará que somos pesadas, ¿no?

—Espero que no lo haga —le contestó su amiga, despidiéndose luego de ella con un abrazo.

5

La puerta se abría sigilosamente, y la escasa luz del pasillo rodeaba la sombra que se deslizaba hacia dentro. Aún antes de verlo, ella sabía que él estaba allí. Cada célula de su cuerpo lo notaba, el terror respiraba por los poros de su piel. Quiso gritar, pero de su boca no salió más que un quejido corto, el miedo le bloqueaba hasta las cuerdas vocales.

Él se acercaba a su cama, sabiendo también que ella estaba despierta. Le ponía mucho ese miedo que flotaba en el aire, lo respiraba con ansia. La conciencia de lo prohibido, el deseo irrefrenable de tocarla…

Estiró un brazo hacia el cuerpo hecho un ovillo en la cama, ese cuerpo pequeño que de repente dejó de respirar. El cuerpo de una niña, una niña que era su hija.

La mano le tocó el hombro y empezó a deslizarse por debajo del pijama, hacia las pequeñas protuberancias de sus pechos.

El grito que consiguió librarse de su garganta rompió el silencio de la casa. Había gritado de verdad.

Se levantó de la cama, se fue al baño y se lavó la cara con agua fría, para ahuyentar a los demonios. Los acordes de una canción de Pink la ayudaron a desprenderse de las sombras y volver a la realidad. Miró la pantalla del teléfono y vio que ponía "número desconocido". Lo dejó llamar, pensando que tenía que ser otra vez Lucas, buscando su perdón. "¡Lo que me faltaba, después de esta maldita pesadilla, joder, os quiero fuera de mí vida de una vez por todas!"—gritó a pleno pulmón.

De paso, tiró algunos objetos por la habitación para descargar en algo su furia, luego en la cocina se bebió de un trago una botella de leche fría. El teléfono volvió a llamar, y otra vez ponía "desconocido". Deslizó el dedo por la pantalla, y apenas le dio tiempo a soltar "Déjame en paz, Lucas", antes de escuchar una voz de mujer:

—Rebeca, ¿eres tú?

—Sí, soy yo —contestó, tratando de controlar sus nervios.

—Soy Melisa, perdona si te molesto, igual pensarás que me estoy excediendo, era solo para decirte... A lo mejor lo dejo para otro día, estarás cansada y como todavía es domingo...

—No me molestas en absoluto. Perdóname tú, por ser tan brusca, es que pensaba que era otra persona la que llamaba.

—Verás, era para decirte que Sonia insiste mucho en conocerte. Yo le hablé un poco de ti, bueno, sobre nuestra conversación de esta mañana. Pero claro, una negativa de tu parte sería más que razonable. Hemos irrumpido en tu vida y... Discúlpame, no quiero incomodarte —dijo, al darse cuenta del silencio de ella.

— ¿Quieres que pase mañana por el hospital?

—No, no, después, cuando esté en su casa, que tengo entendido que le darán el alta por la mañana. Pero sólo si tienes un rato libre, si no, lo dejamos para otro día.

—Me guardo tu número, y te llamo yo en cuanto pueda. ¿Te parece bien?

—Sí, perfecto, gracias Rebeca, te debemos mucho.

—No mujer, no empieces otra vez con eso. Te llamo yo ¿vale? Así que, hablamos mañana.

Dejó el teléfono y empezó a dar vueltas por casa, sus pensamientos volviendo sobre la carga emocional que acumulaba este domingo para ella.

La paliza, su furia al ver a una mujer víctima del manoseo de un hombre, la pesadilla, el pensar en Lucas y en su hermana... Eran demasiadas emociones para un sólo día.

Su aparente fragilidad física, escondía la fuerza de un cuerpo bien entrenado. Un   carácter fuerte y una increíble capacidad de aguantar los golpes que la vida le había dado. Pero había días, como este mismo domingo, cuando recapitulándolo todo, se extrañaba ella misma ¿cómo era posible que con sólo veintidós años, la carga que llevaba encima fuese tan cruelmente pesada? Las lecciones que te da la vida, dicen que te enseñan ser fuerte, pero a ella no le enseñaron. Más bien la obligaron serlo.

¿Y por qué ella, por qué esa maldita sombra no se metía en la habitación de su mujer?

De sobra sabia ella la respuesta ahora, el así lo deseaba, le gustaba tocar a una niña. Disfrutaba del terror que eso provocaba en ella, olía el miedo que emanaba de su piel, cuando su mano la acariciaba.

Cuando su hermana estaba en Inglaterra para estudiar y su madre en alguno de sus innumerables viajes de trabajo, él se permitía unos placeres extra.

Sacaba la correa de sus pantalones, y si ella se resistía a sus tocamientos, le pegaba en la espalda y en su pequeño trasero. Hasta le permitía gritar, sabiendo que nadie escucharía sus gritos. Los golpes no eran demasiado fuertes —no los físicos—, y siempre caían en lugares que luego quedaban escondidos a la vista.

Escondidos a la vista de su madre, pero a Rebeca le constaba que ella estaba al tanto de lo que ocurría entre las paredes de su casa. Un día, ignorando ellos que se encontraba en casa, oyó a su madre pidiéndole: "No le hagas daño a la niña".

Y a él, entre risas, diciendo: "No te preocupes, tu pequeña sigue siendo virgen."   "El muy animal —pensó ella entonces—, puede que mamá también le tenga miedo."

Nunca lo sabrá, ya que su madre también murió en aquel accidente.

Dicen que el tiempo lo cura todo, pero sobre eso, Rebeca tenía sus dudas.

Ir al psicólogo, tampoco le ayudó mucho a superar sus traumas, aunque este acentuaba siempre el hecho de que era ella la que tenía que dejar marchar a sus fantasmas.

"Todo puede parecer fácil, cuando se mira desde fuera los tormentos que sacuden a alguien ajeno a ti" —se decía a sí misma, frustrada por lo que consideraba, su incapacidad de hacerse entender. Por fracasar en su intento de transmitir y explicar sus sentimientos y sus emociones.

Ella no se aferraba a esos recuerdos. Al contrario, lo que más deseaba era desprenderse de ellos. Si no fuera por esas horribles pesadillas, que se marchaban por corto tiempo y otra vez volvían, recordándole esa época en la que tantas veces quiso morir... En la que tantas veces deseó que su padre se muriera y que la puerta se quedara cerrada de noche...

Si no fuera por eso...

6

Ella tenía doce años cuando empezó aquello.

La primera vez que la sombra se coló en su habitación, ella se quedó tan asustada y confundida, porque de día el apenas si le hacía caso, en las pocas veces que se veían. Al volver el del trabajo, ella siempre estaba haciendo deberes o jugando con sus muñecas, en su habitación. No se reunían juntos más de dos o tres veces por semana, para cenar en el ostentoso salón-comedor.

Cada noche que tenía que cenar sola, María le servía y la acompañaba, sentadas las dos a la mesa de la cocina. No le gustaba el comedor.

María era lo más parecido a una madre que ella había conocido en su vida. Se reían juntas, y cuando Laura, su hermana, estaba en casa de vacaciones, a veces hasta se sentía feliz. Las tres formaban una pequeña familia. María les peinaba el pelo antes de irse a dormir, luego bajaba a la cocina a fregar lo de la cena y se marchaba a su casa. Era rumana y vivía con su familia en un piso de alquiler, en el otro extremo de la ciudad. Siempre había trabajado para ellos, y lo que sabía se lo callaba y no hacía preguntas. Su concepto de familia no coincidía en absoluto con el de los dueños de esa casa. Pero le tenía mucho cariño a Rebeca. Al acabar el trabajo por la noche, se marchaba contenta por haber dejado a la pequeña con esa sonrisa en la cara, que parecía iluminar todo a su alrededor.

Su madre nunca venía a darle un beso de buenas noches.

Despúes de empezar aquello, Rebeca tuvo que vencer muchas veces el impulso de contarle todo. Cada vez que surgía un momento de acercamiento entre ellas.

Pero esos momentos eran fugaces, y la sonrisa de su madre que parecía infundirle valor y confianza, pronto se esfumaba. Su mirada pasaba de ella, como de los cuadros que adornaban las paredes del salón, o de cualquier otro objeto que la rodeaba. Sin fijarse demasiado, rozándola apenas.

Y sus fuerzas flaqueaban. Se tragaba el dolor y las lágrimas, y el nudo que se le ponía en la garganta se hacía más y más grande, le llenaba el pequeño pecho y le oprimía el corazón. Se escondía y lloraba sola. María la encontraba a veces, durmiendo dentro del armario. Su cabeza apoyada en las rodillas, las lágrimas ya secas en su cara y el pulso calmado, una vez que el sueño vencía su dolor.

7

La vergüenza de ser víctima de esos abusos, la acomplejaba y la alejaba de los demás. Culpándose a sí misma por no ser bastante fuerte, empezó a despreciarse y a descuidar su aspecto. Todos los días se vestía de negro, como queriendo reflejar en su vestimenta, la rabia y el dolor que la consumían por dentro. En clase se sentaba sola, aislada de los demás, unas barreras invisibles separándola de sus compañeros. Así empezaron a llamarla "la oveja negra", la que siempre se alejaba del rebaño, la perdida. Tampoco sacaba buenas notas. Aprobaba simplemente, y si alguna vez su madre se interesaba por sus resultados escolares, no lo hacía más que para compararla con su brillante hermana. "—Déjala ya ¿no ves que es tonta?" —soltaba su padre, y se reían los dos como de un chiste bueno. Ella clavaba en él su mirada desafiante y cargada de desprecio, hasta que se veía obligado a girar la cabeza.

No sabía cómo eran otros padres, pero ya entendía lo bastante, como para saber   que los suyos distaban mucho de ser normales.

Las amenazas de su padre empezaron a perder efecto sobre ella, cuando con dieciséis años, se apuntó a un curso de kárate en el instituto. En unos pocos meses, aprendió lo básico para defenderse. El entrenador le paraba los ataques, recomendándole que se calmara. Eso era autodefensa, y no tenía que matar a nadie.

"Si tú supieras…"—pensaba Rebeca, mientras planeaba mentalmente todos los movimientos que podrían servirle, los golpes más duros y de mayor efecto, y la fuerza que tendría que imprimir a cada uno. Estaba decidida a defenderse.

Su cuerpo seguía siendo delgado, y las redondeces que observaba en sus compañeras, a ella apenas le marcaban unas sombras tímidas en el cuerpo. Era por eso por lo que a él todavía le gustaba. Seguía viéndola como a una niña.

Sus abusos consistían en tocarle las pequeñas protuberancias de los pechos, pasar luego hacia la espalda y bajar para acariciar sus pequeñas nalgas. Si ella se resistía o trataba de alejarse hacia el otro lado de la cama, el soltaba algún juramento y apretaba los dedos, estrujándole la piel.

El dolor la hacía quedarse quieta, las lágrimas bajando por sus mejillas y empapando la almohada. El gruñía y jadeaba, mientras con la otra mano se tocaba, en la penumbra.

A Rebeca le repugnaba tanto todo aquello, que cerraba los ojos con fuerza. En su mente, cogía un cuchillo y le cortaba uno por uno los dedos que le estrujaban la piel.

El tormento acababa pronto, luego le sujetaba la cara con la mano girándola hacia él, se acercaba y le susurraba:

"—SSSh, tranquila pequeña, que no te he hecho nada. Y ya sabes, ni se te ocurra abrir esa boquita, que te va a doler."

Siempre le decía lo mismo. Ella se sabía de memoria cada palabra, el orden en que venía en la frase, las modulaciones de su voz, pasando del tono cariñoso a amenazante. El aliento que le olía a alcohol, y el ritmo de su respiración, que volvía poco a poco a ser normal.

Le odiaba con todo su ser, al mismo tiempo despreciándose a sí misma, sintiéndose sucia por el contacto de esas manos. Corría al baño en cuanto la sombra se alejaba de su puerta, abría el grifo de la ducha y se frotaba el cuerpo con rabia.

Se enjabonaba y otra vez frotaba. Hasta que su piel quedaba enrojecida pero limpia, y ya no había rastro del sudor de esa mano en su cuerpo.

Luego se dormía llorando, deseando que su madre fuese

como una madre, que la proteja, que la quiera, que la abrace.

8

Aquella noche, tenía pensado cada movimiento. Su cuerpo esperaba, tenso como el de una serpiente antes de lanzarse en el ataque sobre su víctima.

Calculaba mentalmente las distancias y la fuerza que tendría que imprimir a cada golpe. Hasta podía imaginarse la cara de estupor que pondría él por la sorpresa. No le dejaría posibilidad alguna de defenderse o de volver a tocarla.

Notaba los latidos de su corazón en la garganta mientras luchaba por controlar la respiración.

Habían pasado dos semanas desde su última "visita" y esa noche ella tenía la certeza de que el vendría. Lo pudo notar en su mirada, mientras cenaban en el comedor. Se llevaba la comida a la boca con mucha prisa. Sus miradas se encontraron apenas unos segundos, pero ella lo supo. Vio en sus ojos el ansia que le empujaba a acabar lo más rápido posible con lo que estaba haciendo.

"Sí, esta noche vendrá" —se dijo a sí misma, notando como la angustia le invadía el cuerpo.

La puerta se abrió con la habitual cautela, y la sombra maligna se coló dentro acercándose poco a poco.

La sangre golpeaba en las sienes de Rebeca, retumbando en sus oídos y oprimiéndole la garganta.

Ya estaba cerca, demasiado cerca, ya no le valía lo que había planeado. Ese golpe en la entrepierna, no le saldría bien. Su cuerpo la había traicionado.

Él estiró un brazo hacia ella, y entonces explotó. Con la velocidad de un animal salvaje, saltó y le dio un golpe certero, con el canto de la mano derecha en el cuello.

La luz era escasa, apenas penetraba por entre las láminas de la persiana, pero ella conocía las distancias. Tuvo la certeza de haberle dado de lleno, tal como había aprendido. Ese golpe que el entrenador consideraba prohibido. Lo vio echándose atrás, unos sonidos apagados saliendo de su garganta. Eso le dio tiempo a propinarle la patada que tanto deseaba darle. El gritó de dolor y se cayó al suelo, lejos de la cama.

— ¡Toma, maldito animal asqueroso, para que no vuelvas a tocarme en tu puta vida!

Luego le dio una patada en las costillas, él soltó entre gemidos un "te matare zorra estúpida", y ella le dio con más fuerza en el otro costado. Luchaba por controlarse. Buscaba ese equilibrio entre la razón —que le pedía parar—, y sus sentimientos e instintos, que la empujaban a matarle. Le dio unos cuantos golpes más, luego primó la razón y su rabia cedió poco a poco. Agarrándole de un pie, tiro de él sacándole al pasillo. Después volvió a su cuarto y cerró la puerta, con los brazos y los pies temblando y el sabor salado de las lágrimas en la boca. Se secó la cara con el bajo del pijama, y de repente le dio un ataque de risa.

"Ya está, ya lo hice y ni siquiera fue tan difícil" —se dijo, sin dejar de reír y llorar a la vez. Y desde muy dentro de su ser, empezaba a nacer la conciencia de sí misma como persona que merece ser respetada. Un pequeño grano de autoestima acababa de germinar en su corazón. Se sentó en el borde de la cama, escuchando el ruido apagado que todavía llegaba del pasillo.

"Se habrá levantado" —pensó escuchándole los pasos arrastrándose hacia el otro lado del pasillo. Siguió esperando minutos largos, temiendo por algún tipo de consecuencia, pero no ocurrió nada.

Se acostó luego sin deshacer la cama, y su cuerpo siguió temblando por mucho tiempo. No pudo pegar ojo en toda la noche.

9

Lunes por la mañana, Melisa se levantó antes de sonar la alarma de su teléfono. Abrió todas las ventanas, hizo la cama y se dio una ducha rápida y refrescante. Luego se miró la cara en el espejo, recordando por un momento la bofetada que le dio ese chico. Ya no había ni rastro de ella. Después de echarse unas gotitas de perfume, escogió del armario un conjunto de ropa interior de color gris plata, ribeteado de encaje. Sin ponerse otra cosa encima, a las siete y media se metía en la cocina. Limpió la cafetera y la llenó hasta el borde con esa mezcla negruzca de dos tipos de café, que ella misma había traído de un viaje a Etiopía. De un sabor único, incomparable, algo que ella consideraba como una esencia de África. Salvaje, sagrado y pagano a la vez. Llenó su taza inhalando el exquisito aroma, luego le echó unas gotas de leche fría y lo saboreó despacio, como una sacerdotisa inmersa en la ceremonia de un ritual.

La mañana era preciosa. Adoraba esos momentos, con la luz revitalizante penetrando por las ventanas enormes de la cocina. Los rayos de sol se proyectaban sobre su cuerpo semidesnudo y sobre los objetos que la rodeaban. Pequeñas motas de polvo, parecían volar cual mariposas minúsculas, en la luz transparente que invadía poco a poco todo el espacio de su amplia cocina.

Entre sorbos de café y tostadas de pan integral, pensaba en lo hermoso que era vivir, empezando un nuevo día de aquella manera. Y entendió de repente, que la felicidad no se la trae otro ser, sino que estaba dentro de sí misma. Sólo tenía que saber encontrarla. El verdadero desafío, estaba en lograr permitirle que se reflejara en sus pensamientos y en sus actos. Compartirla con los demás. Eran reflexiones que nacían en su cabeza cada mañana, como bendiciones que la llenaban de dicha.

Se vistió después de tomar su desayuno ligero y se arregló el pelo corto con las manos. Al salir de casa, se metió en su pequeño coche, cuyos asientos tapizados en piel de color rojo granate, en contraste con la carrocería blanca, la hacían sonreír de satisfacción cada mañana. Después de poner el motor en marcha, sintonizó un programa de música sinfónica en la radio, y su alma se elevó, vibrando bajo los acordes del Bolero de Maurice Ravel. La casualidad de dar con una de sus piezas musicales favoritas, le arrancó otra sonrisa. Subió el volumen, y mientas conducía empezó a tararear, siguiendo el ritmo crecente y obsesivo del orquesta.

Se encontraba en su elemento y en su espacio, y a pesar del tráfico matinal, veinte minutos más tarde entraba en el aparcamiento subterráneo del hospital. Llevaba un bolso grande, con algo de ropa para Sonia. Vestían la misma talla, excepto los zapatos, calzando ella dos números más que su amiga.

En el ascensor del hospital, gente como sardinas en lata, empujándose sin querer, rozando cuerpos ajenos. Fragancias y sudores, mezclándose en un espacio tan reducido que llegaba a ser claustrofóbico. Deseó haber subido por las escaleras.

Se bajó en la tercera planta, y llegó a las puertas de la rehabilitación a la vez que el médico de turno. Dio "buenos días" y él le dedicó una sonrisa de anuncio de dentífrico, que brillaba bajo una nariz aguileña y unos ojos negros penetrantes. El pelo cayéndole sobre la frente en un despeinado probablemente estudiado, y una barba de pocos días, que le confería un aire aún más interesante, resaltando su atractivo.

Sonia, sentada en el borde de la cama de hospital, estaba con la mirada fija en el fascinante personaje masculino. Su amiga le sonrió desde la puerta, guiñándole el ojo en alusión a su interés por el médico.

La enfermera le dio luego a la paciente una pastilla grande, rosada, que ella se tomó sin preguntar siquiera que era aquello. Más tarde, después de la consulta, llegaron con el desayuno, y el médico volvió para darles los papeles del alta.

Era casi mediodía, cuando Melisa entraba con su coche en ese barrio de clase alta en el que vivía su amiga. Allí, todas las casas parecían sacadas de algún catálogo, cada cual más bonita que la otra. Todo el esplendor del mes de mayo se reflejaba en los amplios jardines que las rodeaban, césped verde y rosas en flor, allá donde llegabas con la mirada. Pasaron primero de una valla cerrada con un portón, que Sonia abrió a distancia con solo apretar un botón en su llavero. Después se encontraron en un camino de piedra bordeado de árboles ornamentales, cargados de flores que alternaban en una cromática de azul y blanco, parecidas a unos racimos gigantes de uvas, apuntando hacia el suelo. Al final del camino de piedra, una majestuosa casa al estilo Tudor, blanca y brillante en la luz del mediodía. El jardín bien cuidado estaba rebosante de flores, y unos pequeños arbustos exóticos, como bolas verdes clavadas en palos rugosos. El perfume de las rosas impregnaba el aire.

Después de bajar del coche, Sonia respiró profundamente y miró todo ese esplendor que la rodeaba, sintiéndose afortunada por pertenecer a ese lugar.

La casa era de sus padres, pero hace ya casi cinco años que ellos se trasladaron a la otra más pequeña que tenían a las afueras de la ciudad.

Los dos estaban jubilados, y buscaban vivir de una forma austera, totalmente distinta a la que siempre tuvieron. Despertarse con el canto de los pájaros por la mañana, en una casita en medio del bosque, hacer senderismo y meterse con los pies descalzos en el riachuelo que pasaba por su terreno. Una gozada.

"Vivís como los hippys" —le decían algunos—, pero no llegaban a tanto. Apreciaban la limpieza y por eso montaron un baño y una cocina nueva, pero manteniéndose dentro de unos límites de simplicidad y minimalismo que además de gustarles, les ahorraba mucho trabajo.

No contrataron a nadie para la limpieza. Un día a la semana, codo con codo, dejaban la casa limpia como una patena. Lo que no hicieron antes de trabajo físico, les servía ahora para mantenerse activos.

El, ex capitán de barco en la marina comercial, y ella, una de las figuras más conocidas de la ciencia en el país. Pero siempre de una humildad en la que sus almas se encontraban, evitando caminos dictados por intereses mezquinos o ambiciones egoístas.

Si el concepto de pareja perfecta existía, entonces ellos lo personificaban.

10

Sonia era hija única, y cuando conoció a Antonio y decidieron vivir juntos, sus padres aprovecharon el momento para hacer ese cambio tan radical, pero que los dos deseaban de todo corazón.

Ambos se preocupaban mucho por ella, pero sin inmiscuirse en su vida. Nunca venían sin avisarla, aunque la casa todavía figuraba a nombre de ellos dos. Podían permitirse pagar los gastos con bastante holgura, y lo hacían con gusto.

Sonia lo era todo para ellos. Le inculcaron los mismos valores humanos y sociales que les guiaron siempre a ellos, partiendo del respeto al próximo y la generosidad.

Su madre siempre le decía que la inteligencia va bien encaminada, sólo cuando la acompaña cierta dosis de generosidad.

Ella estudió en la escuela pública, consciente de que no hay mérito alguno en haber nacido rico, o en ser el hijo de alguien. Sabía que solo sus esfuerzos y sus logros justificarían su orgullo, lo que fuera capaz de conseguir por sí misma.

Le permitieron estudiar lo que a ella más le gustaba, lo que siempre había deseado hacer, que la motivaba y le proporcionaba satisfacción. Era diseñadora de interiores.

Conoció al hombre que luego se convirtió en su marido, cuando todavía le faltaba un año para licenciarse.

Antonio era su profesor de Historia del arte. El amor surgió entre ellos, como suele pasar en esos casos. Ella, fascinada por su presencia, su intelecto y su retórica. Él, diez años mayor, incapaz de resistirse al encanto de una joven preciosa, inteligente, tan dueña de sí misma y al mismo tiempo, de una inocencia cautivadora.

Se casaron nada más licenciarse ella. Una boda intima, los padres de Sonia, unos pocos amigos y el único hermano de Antonio, que vivía en Bélgica. Para entonces, ya tenían la casa solo para ellos dos.

Fueron felices, Sonia vivía como en un sueño. En aquella época abrió su propio estudio, en un espacio que alquiló en la zona céntrica de la ciudad. Más tarde iba a conocer a Melisa y hacerse socias de una inmobiliaria, a la que ella fundó con intención de fusionarla con la de diseño.

Antonio era guapo, elegante, pero su elegancia era fruto de su actitud ante la vida, era su estilo, su manera de ser. Un hombre de esos que, pónganse lo que se pongan, todo les queda bien. Era él quien confería elegancia a su vestimenta y no al revés.

Más de tres años vivieron felices, Sonia pensando que había encontrado lo que toda mujer sueña encontrar, el hombre ideal, el reflejo del que vivía en su cabeza.

Hasta que las cosas se torcieron, y ella tuvo que despertarse del sueño en que vivía.

Hace casi dos años, una joven rubia y guapa, se presentó en su estudio y le enseño una grabación.

Al principio, ella se negó a hacerle caso, pero el video no dejaba lugar a dudas. Era su marido, prometiendo un "aprobado" a una joven estudiante. A cambio, ella tenía que quitarse las braguitas allí mismo, en el despacho del profesor de Historia del arte.

La joven de la grabación era la misma que estaba delante de ella. Le dijo que se llamaba Irina y que el profesor era un embustero. Que después de tener sexo con ella encima del escritorio, se le había olvidado la promesa.

La grabación incluía todo. Ella había colocado el teléfono nada más entrar por la puerta, un movimiento astuto, que el profesor ignoró. Dos días más tarde, se enteró de que el "aprobado" no figuraba en su historial y decidió vengarse.

Sonia miraba a la chica, miraba la grabación, incapaz de creer lo que veía. Su cabeza le pedía gritar o decir algo, pero de su boca no salía sonido alguno.

La rubia continuaba diciendo alguna cosa que ella no entendía. Luego le quito el teléfono de la mano y se marchó.

El mundo seguía su ritmo. Por la ventana se veía el tráfico de la calle, por la acera la gente paseaba sin preocupaciones, y la risa de un niño atravesó el aire y se metió en el oído de Sonia.

Alguien gritó entre las paredes de su corazón, el ser feliz que la habitaba hace poco, y el eco de ese grito reverberó en cada fibra de su cuerpo, como el sonido de una campana.

Se rompió algo dentro de ella. Toda ella se rompió en pedazos y no fue capaz de

moverse de donde estaba, por mucho que quería hacerlo. Necesitaba sentarse, pero le parecía que no eran suyas las piernas. Quería llorar y las lágrimas no le salían. Estaba como una estatua de piedra de cara hacia la ventana, mirando sin ver nada. El mundo seguía allí fuera, pero el suyo ya no. El suyo había muerto.

Cuando consiguió arrastrar los pies hasta donde estaba su silla, se sentó y se quedó pensando en lo que había visto, sin saber qué hacer. Hasta que la barrera que le bloqueaba el llanto en la garganta se soltó, y empezó a gemir como un animal herido, golpeando con los puños el escritorio que tenía delante.

Como no vino nadie a molestarla, lloró hasta quedarse sin aliento. Luego se levantó y con movimientos bruscos se seco la cara con las mangas de su blusa de seda. Luego cogió el bolso y salió por la puerta cerrando con la llave.

Se metió en el coche y conduciendo como un robot, llegó a su casa, dejó el coche delante del garaje y subió a la vivienda. Se quitó los zapatos y abriendo luego el ropero, sacó todas las pertenencias de su marido. Buscó una maleta, pero el cuerpo no le daba para tanto, como para subir al desván y bajar una de allí. Dentro de un armario, encontró unas bolsas grandes en la que ponía Ikea y metió allí todo objeto que podría recordarle a él. Arrastrándolas por las escaleras, las depositó en el pasillo de la entrada.

El silencio que reinaba a su alrededor empezaba a molestarle.

Lo notaba como a una presencia viva que la envolvía. Salía de todas partes y de ninguna, rozándole la piel y arañándola con sus garras hasta hacerla sangrar.

Se metió bajo la ducha y se lavó de todo, menos de su dolor. Las paredes parecían absorber el llanto y la rabia que sus puños descargaban en ellas.

Al salir, se dio cuenta de que algo se le había quedado a medio camino. Bajó hasta donde estaban las bolsas de Ikea y las empujó hasta la puerta sacándolas fuera. No quería que el volviera a entrar en su casa.

Después cerró la puerta con los dos pestillos de seguridad y subió al dormitorio. Bajó las persianas de las ventanas y se metió en la cama. Necesitaba dormir para olvidar.

Necesitaba olvidar para mitigar su dolor.

El reloj de su mesita de noche, con sus agujas fluorescentes, indicaba las cuatro y media de la tarde.

11

Melisa había llamado a un restaurante para pedir algo de comer, mientras su amiga se preparaba un baño de sales.

Estaba repasando todo lo que sabía sobre Rebeca, que era bien poco, porque le faltaban detalles para poder sacar alguna conclusión. El sonido del teléfono la sacó de sus cavilaciones.

— ¿Señorita Melisa Gutiérrez?

—Sí, soy yo.

—Buenos días señorita, soy el oficial Pepe Sánchez de la comisaría local de policía. ¿Me puede dedicar unos minutos?

—Sí, claro que sí, usted dirá, oficial Sánchez.

El policía empezó a explicarle lo del informe sobre la intervención de sus agentes, fechado en veintiséis de mayo, lugar, Calle Mayor esquina con Avenida de los Reyes, que parecía que estaba sin firma alguna por parte de las víctimas del incidente. Faltaba también aclarar otros detalles.

— ¿Podría usted pasar mañana por la comisaria, entre diez y diez y media y   buscarme a mí personalmente?

—Claro que sí, no hay ningún problema   —le contestó Melisa.

—Y también quisiera saber si su amiga tiene intención de denunciar personalmente a las chicas que la atacaron. Eso de rajarle la cara, es un asunto grave.

—Verá, oficial, mi amiga acaba de salir del hospital.

Más tarde hablaré con ella, y mañana le comunicaré su decisión. Lo tiene que decidir ella.

—Claro que sí, no se preocupe —le dijo el policía con un tono de voz tranquilizador—. No tiene por qué ser una decisión precipitada, ya que no sabemos nada sobre el paradero de esas chicas. Con un poco de suerte, los chavales cantarán algo, si es que se conocían como para saber quiénes eran ¿me entiende?

—Le entiendo perfectamente, señor Sánchez, y siento decirle que yo no le puedo ser de mucha ayuda, en lo que se refiere a esas dos. Apenas si me fijé en el aspecto que tenían, sólo vi que eran rubias y que una de ellas tenía la cabeza rapada por un lado, y el pelo largo por el otro. Estaba demasiado asustada para fijarme en detalles.

—No se preocupe señorita, cualquiera lo entiende, ya que el susto se vio justificado por la gravedad del delito al que fueron víctimas. Entonces, le espero mañana.

—Sí, hasta mañana —le contesto ella, cortando la conversación.

Luego se quedó unos momentos pensando en la voz del policía, que le pareció ser grave y varonil, pero al mismo tiempo suave como la seda. Le hizo recordar a cierto actor de cine famoso. "Tonterías" —se dijo a sí misma—, "es sólo la voz de un hombre, nada más".

Sonia no había cambiado nada en su casa, después de haberse trasladado sus padres. Le encantaba todo tal como estaba, desde el más pequeño detalle hasta el aspecto señorial que presentaba, mirándola desde fuera. Tal como lo hizo ella misma hoy, al bajar del coche. ¡Debía tanto a sus padres!

—Melisa, creo que voy a llamar a mamá —le dijo a su amiga, mientras recogían la mesa, después de comer—. Tú tendrás que ir a la oficina, no podemos posponerlo todo para quedarte aquí conmigo. No es necesario.
Su amiga quiso decir algo, pero ella la interrumpió diciéndole que era capaz de cuidarse sola.

—Pero eso sí, les llamaré ahora mismo, no me parece correcto que se enteren luego por terceros, no estaría bien. Y sobre Rebeca, ¿hay novedades, hablaste con ella? Me gustaría que mis padres también la conozcan.

—Yo la invité, Sonia —le contestó Melisa—, pero tampoco insistí demasiado, para evitar que se sienta obligada a hacerlo. Hemos quedado en que me llamará ella para ponernos de acuerdo. Fue un poco brusca al contestarme, dijo algo, como que pensaba que era otra persona la que llamaba. Creo haberla entendido decir: "¿Que quieres, Lucas?" Será que tiene pareja, no me extrañaría, es muy guapa. Y lo de ser rubia y tener esos ojos negros tan fascinantes… Ya verás, toda ella emana una especie de exotismo extraño.

—Misteriosa. Por lo visto, ésta es la palabra que la define, y puede que también diferente —le contestó Sonia—. A ver qué queda todavía por descubrir, porque mi intuición me dice que hay mucho más. Ojalá venga hoy. Entonces, tú ve a la oficina Melisa. Acabo de recordar que hoy es la reunión con esa pareja que se había interesado por ese piso nuevo. Ya sabes, el de la calle Belmonte.

— Pero, ¿eso no estaba previsto para la semana que viene?

—Al principio así fue, pero me llamaron el sábado por la mañana, disculpándose, claro, por ser fin de semana. Un imprevisto, parece. Me explicaron que tienen que salir para Alemania esta misma noche. Luego, con todo lo que pasó, se me olvidó decírtelo.

Yo les llamo —siguió ella explicando a su amiga—, y después os podéis reunir allí en el piso. Sólo tienes que coger la llave, que está en nuestra caja, la verás, está etiquetada y todo.

—Sonia, antes de irme tengo que decirte algo. Me llamó un oficial de policía, un tal Pepe Sánchez, para pedirme que pasara mañana por la comisaria, a firmar ese informe que hicieron los de la patrulla. Y también me preguntó si tú tienes intención de denunciar a esas chicas.

—No lo sé, Melisa, ni siquiera lo he pensado. Pero ¿cómo voy a ir yo a la comisaria con esta pinta que tengo? Habla con el oficial, y si acepta venir aquí para tomarme declaración, puede que lo haga.

Y se llevó luego la mano a la cara palpándose las vendas, con una sonrisa triste apenas cambiándole la forma de los labios.

—Ya verás tú, en que mujer interesante me convertirá la cicatriz que se me va a quedar en la cara.

—Mira que eres tonta Sonia, de verdad.

—No, te lo digo en serio Melisa, lo superaré todo. Pero ahora voy a tomar un analgésico. Sabes que no me gusta aguantar ningún tipo de dolor.

Luego se dirigió hacia la cocina, mientras su amiga salía por la puerta y se marchaba.

12

Los padres de Sonia estaban tomando el café en la pequeña terraza cubierta, situada bajo las ventanas de la cocina. La conversación de hoy giraba en torno a esa fotografía del niño encontrado ahogado en la playa. Esta misma mañana, al coger el periódico del buzón, Anna vio la foto y no pudo aguantar sus lágrimas.

Sintió una enorme impotencia ante aquel cuerpecito hallado sin vida en la arena de la playa. Andrés, su marido, compartía los mismos sentimientos, pero él nunca exteriorizaba su dolor. No es que tuviera algún prejuicio absurdo sobre eso. Simplemente no podía llorar, aunque era un hombre con un gran corazón, sensible y empático.

Cariñosamente, se ha pasado un brazo sobre los hombros de su mujer y la besó en el pelo. Las palabras sobraban entre ellos en casos como ese.

Ahora, más tranquila ella, podían abordar el tema, aunque sus comentarios y sus reflexiones, de nada podían servir. Lo hacían más bien para aliviar el impacto que esa imagen todavía ejercía sobre ellos.

Cuando sólo les quedaban unos sorbos de café, escucharon el timbre del teléfono, al que siempre ponían en el alfeizar de la ventana, cuando estaban en la terraza. Andrés contestó sin mirar siquiera que número era el que llamaba. Era Sonia.

—Hola papá, soy yo, ¿qué tal?

—Hola hija, estamos bien, tomando el café en la terraza.

—Pásale el teléfono a mamá, por favor. Tengo que hablar

algo con ella.

—Vale hija, hablamos luego. ¿Va todo bien?

—Sí papá, un beso.

— ¿Qué ocurre, Sonia?   —preguntó su madre al coger el teléfono.

—No es nada, mamá, sólo quería saber si podríais pasar esta tarde por casa.

—No me dejes en ascuas hija, ¿qué es lo que quieres decirme?

—Pues, que tuve un pequeño percance y me hice un poco de daño. Pero no es nada grave, era sólo para que no os sorprenda luego.

—No te entiendo Sonia. Mira, en una hora más o menos llegaremos allí. ¿Estás sola?

—Sí. Melisa estuvo aquí, pero tuvo que marcharse a la oficina.

—Ahora salimos, hija —le dijo Anna, cortando la llamada. Andrés la miraba con cara de preocupación.

—Parece que se ha hecho daño. No sé cómo, ni con qué. Vamos a llevar todo esto dentro, y mientras yo cierro por aquí, tú saca el coche del garaje.

No hablaron más hasta llegar a casa de Sonia. La preocupación les pesaba sobre los hombros, como una carga física. Al verla con la cara vendada, la abrazaron llorando los dos. Fue la primera vez que Sonia vio llorar a su padre.

—Papá, no llores, por favor. No es nada grave, sólo es un corte superficial.

Les pidió que se sentaran y les contó lo ocurrido con todo detalle. Insistió en la aparición de Rebeca y la paliza que les dio a esos jóvenes.

—Es como de película lo que dices, Sonia. ¿No exageras un poco sobre esa chica? —le preguntó su padre.

—No, para nada, os lo juro. Además, Melisa estuvo luego con ella, parece que es taxista.

— ¿Taxista? —exclamaron intrigados, los dos a la vez.

—Sí, así es, y nada más salir del hospital, Melisa fue a tomar un taxi para ir a casa. Y allí estaba ella, nuestra chica misteriosa.

De hecho, es posible que la conozcamos hoy mismo, yo la invité y ella prometió llamar a Melisa para confirmar o no. Ojalá lleguen juntas esta tarde.

Anna, que no dejaba de mirarle la cara vendada, le pregunto:

—Te quedará cicatriz, Sonia ¿verdad?

—Puede que sí, pero esto no me preocupa mucho. De hecho, le comenté a Melisa que la cicatriz me hará más interesante, me aportará cierto misterio.

Y se rio, pero su madre estaba demasiado preocupada, como para reírle la gracia.

—No digas tonterías, hija, ya buscaremos luego a un buen cirujano plástico. ¿Y lo emocional, que, lo superarás sola, o hay que pedir cita con Samuel?

Samuel era el psicólogo que la ayudó a superar aquello que le hizo Antonio, su ex marido. Aunque en realidad, determinante en el proceso fue su propia voluntad y su decisión de levantarse y seguir con su vida.

—No mamá, no hace falta, en serio, estoy bien. De hecho, en el hospital también me ofrecieron asistencia psicológica, pero no la necesito. Lo único que quiero es conocer a Rebeca.

Andrés sacó unas cervezas frías y salieron los tres al jardín trasero. Anna le preguntó después si había tomado alguna decisión, respecto a las chicas que la agredieron.

—Todavía no lo he pensado, pero parece que la policía no sabe nada sobre sus paraderos.

—A esas chicas, si no se les aplica una corrección, seguirán haciendo de las suyas —comentó Andrés.

—Yo apenas si recuerdo algún detalle sobre ellas. Estaba tan atemorizada, que no me fijé en nada. Solo sé que parecían ser adolescentes, y que las dos eran rubias. Qué pena, que lleguen a semejante comportamiento…

— ¡No me digas que te compadeces de ellas Sonia, mira lo que te hicieron!

—Sí, ya lo sé, lo que me hicieron estuvo mal. Pero aún así, pensando en ellas, ¿quién sabe quiénes son y qué educación habrán recibido? O ¿en qué medio se habrán criado? No todos los jóvenes tienen la suerte que tuve yo —dijo Sonia, con un tono triste de voz.

—No hija, no les busques atenuantes. Piensa que por eso mismo necesitan un toque de atención, algo que les haga reflexionar sobre lo que hicieron.

Y esto, cuanto antes, mejor, para no descarrillarse del todo y que sea demasiado tarde. Se perderán luego, como las ovejas que se apartan del rebaño y acaban metiéndose en zarzas de donde no las puede sacar nadie.

— ¿Has dicho "las ovejas", mama? —le preguntó su hija.

—Sí, eso decía. ¿Qué pasa con ellas?

—Melisa me dijo que a Rebeca le llaman "La oveja negra". Se lo dijo ella misma.

—Vaya, el misterio va aumentando —intervino Andrés.

— ¿Por qué sería? Quiero decir, eso de llamarla así.

—No tengo ni idea mamá, pero espero llegar a saber el "por qué".

En ese momento, el teléfono de Sonia vibró en su bolsillo, y al mirar la pantalla, vio que era Melisa. Le contestó, y se quedó largo rato escuchando. Melisa le estaba explicando lo de la pareja con la que se había reunido. Ya habían decidido comprar el piso. Esa misma tarde, antes de salir para Alemania, harían la transferencia del adelanto del precio establecido. El contrato estaba ya firmado.

—Eres el paradigma de la eficiencia, Melisa. Estupendo. ¿Y lo otro? Ya sabes, lo de Rebeca.

Y se quedó otra vez escuchando lo que ella le decía, para añadir luego:

—Me parece bien, están mis padres también aquí. Esto no podría haber salido mejor. Gracias por todo, aquí os esperamos, hasta luego.

Sus padres la miraban expectantes. Ella les explicó lo del contrato firmado, y les dijo que en torno a las siete y media, Melisa y Rebeca vendrán juntas. Su madre la abrazó. Las dos tenían las emociones a flor de piel.

—Mamá, por favor, que no seáis pesaditos. Ya sabéis, nada de querer recompensarla, o cosas por el estilo, que bastante tuvo con Melisa.

—Te lo prometo Sonia, no diré nada, pero que sepas que lo pienso.

—Y yo también —mencionó Andrés—. ¿Vendrán en el taxi?

—Sí, eso me había dicho Melisa.

—Entonces, supongo que por lo menos una de ellas no tomará nada con alcohol. Voy a buscar algún refresco —les dijo su padre, dirigiendo-se hacia la entrada en casa.

Eran casi las siete, faltaba poco.

13

Rebeca tuvo un día muy ajetreado, pero lo llevaba todo con buena disposición, después una noche tranquila. A las tres de la tarde se fue a comer acompañada de Víctor, un chico joven que llevaba unos pocos meses en el trabajo, y los mismos andando detrás de ella.

Pidieron el menú del día, en un restaurante con precios asequibles. No convenía a ninguno de los dos despilfarrar dinero. Sobre todo cuando no lo tenían.

La conversación siempre fluía entre ellos y tenían un amplio abanico de temas en común.

Víctor trabajaba para poder pagarse los estudios universitarios. Estudiaba mecánica industrial y aprovechaba eso para acercarse a Rebeca, que también estudió mecánica, en un grado superior de formación profesional. Ella ya conocía sus sentimientos, como también una de las virtudes más nobles que el chico poseía, y que era precisamente la paciencia.

Le gustaba Víctor, pero todavía persistía en su corazón el recuerdo de Lucas. Él seguía buscándola, andando arrepentido tras ella, como el perro con el rabo entre las patas. Ya no le quería en su vida. La batalla por olvidarlo fue sangrante, pero el dolor había menguado día tras día. Ya no era el tormento devastador que antes la arrastraba como a un barco perdido en un mar revuelto.

Había pasado más de un año desde que lo encontró con su hermana. A ella no volvió a hablarle más que para decirle que la dejara en paz. No quería oír sus disculpas ni sus justificaciones.

¡¿Justificar el haberse acostado con el novio de su hermana?!

Aquel día, antes de salir de su casa con sus pertenencias metidas en el bolso de viaje, no se le ocurrió otra cosa a la que dejar como indicio de su visita, que un paraguas grande, abierto en el pasillo, delante de la puerta del cuarto de su hermana. Sólo le quedaba imaginarse el efecto que pudo haber tenido eso sobre ellos, al salir de la habitación.

Lucas le había explicado luego, que se encontró a Laura en la calle, al venir ella a buscar unos papeles en casa. Le invitó a entrar, le ofreció una cerveza y ella se tomó un whisky con hielo. Unos minutos más tarde, ella había empezado a abrirse los botones de su blusa de seda, quejándose del calor. Él se sintió violento e intentó marcharse, pero Laura se le insinuó, empezando a abrirle también a él los botones de la camisa. Luego le había cogido una mano y se la puso sobre sus pechos, diciéndole que "esas eran tetas de verdad, que ya sabía ella que el fantaseaba con tocar aquello". Lucas perdió el rumbo, y ella como jugando, tiró de él hasta llegar a su cama.

Todo eso le había contado él luego a Rebeca, aunque ella no quería escuchar aquello. La hería y la humillaba. Él decía asumir su parte de culpa, pero eso no cambiaba nada, sino que añadía todavía más dolor al que ya sentía.

A Víctor, sin embargo, no quería infundirle falsas esperanzas. Sobre todo considerando su relación con Verónica.

Quería mucho a Verónica, incluso creía estar enamorada de ella.

Pero todavía seguía teniendo dudas, sobre su verdadera orientación sexual.

Conoció a Lucas con dieciocho años, y le costó una barbaridad dejarse llevar y hacer el amor. El no entendía el "porqué" de su rechazo. Cuando la tocaba, se le estremecía el cuerpo bajo sus caricias, como si tuviera miedo que él le haría daño. Se retiraba como un caracol en su concha, quedándose ensimismada, minutos que a él se le hacían eternos. Nunca le había permitido que le toque los pechos, o que se le acerque por detrás. Él se quedaba confundido, cada vez que a ella se le ensombrecía la mirada. Una tristeza dolorosa se le quedaba atrapada en el rostro, y su sonrisa cobraba un aire de culpabilidad que él no entendía.

Llevaban más de un año de relación, cuando ella le contó todo sobre su pasado. Era la primera noche que se quedaba a dormir en casa de Lucas, y los demonios volvieron a atormentarla. Se despertó sudada y con el cuerpo temblando. Él le dijo que había hablado en sueños, diciéndole a alguien: "cerdo asqueroso, que no vuelvas a tocarme el cuerpo en tu puta vida". Luego ella había empezado a llorar, y Lucas la abrazaba esperando que pasara el tormento, hasta calmarse poco a poco. Cuando su respiración volvió a ser normal, le preguntó:

— ¿Quién te hizo eso, Rebeca?

Ella se volvió de cara a él y una tremenda vergüenza la invadió. Temía esa pregunta, siempre le había tenido miedo.

Le temblaban los labios y las lágrimas surcaban por su cara.

Eran sólo dos palabras, dos malditas palabras, pero algo le oprimía la garganta y le impedía pronunciarlas. Lucas le preguntó otra vez, mirándola a los ojos y acariciándole la cabeza con infinita ternura.

Le salieron como un quejido roto. Un cuchillo partido en dos, cada parte clavándose en su corazón, nada más soltarse de su garganta:

—Mi padre.

Lucas se quedó petrificado por el estupor. Quería decir algo, pero no supo el qué. Curiosamente, ella sintió un gran alivio después de escupir ese veneno que la corroía por dentro. Fue como una liberación. Le cogió las manos, y mirándole a la cara, intentó tranquilizarle:

—Es cosa del pasado cariño, hace más de tres años que acabó aquello.

Después le contó todos los detalles, y todo su dolor y su tormento, pasó a los hombros de Lucas. Estuvieron hablando el resto de la noche, y luego en los días siguientes, cuanto más aliviada se encontraba ella, más sufría él. Empatizaba con su pasado y cargaba con todo ese peso, como un sacerdote devoto con los pecados de sus confesores.

Tenía ganas de ir a casa de ese desgraciado y matarle con sus propias manos. Quería decir a todo el mundo qué ser repugnante era ése al que ellos consideraban un hombre decente, un padre perfecto. Le daba náuseas con sólo pensar en su cara y en sus manos. En esa mano que alguna vez llegó a estrechar con respeto.

Rebeca le abrazaba para tranquilizarle, y el entendió que no podía hacer nada. No le podía hacer eso a ella. Ya había pasado por bastante humillación, demasiada.

14

Casi un año más tarde, sus padres perdieron la vida en un accidente de tráfico. Él había tomado unas copas demás, al salir de una reunión con un cliente rico, amigo y compañero de trabajo de su mujer. Ella se había reunido con ellos, fueron a comer juntos a un restaurante de categoría, el amigo se despidió luego al salir de allí, y ellos emprendieron el camino de vuelta en coche.

Al parecer, pisaba demasiado el acelerador mientras hablaba por teléfono. Se saltó un semáforo en rojo, y en el siguiente cruce de calles, un todoterreno que salía correctamente del lado izquierdo, le dio de lleno. Por la alta velocidad, el coche de sus padres salió despedido por la fuerza del impacto. Hirió a tres peatones que pasaban por la acera y se clavó luego en la esquina de un edificio.

Ella murió en el acto. Él, tres días más tarde en el hospital.

Rebeca fue a ver a su madre antes de ser incinerada, pero se negó a visitar a su padre, mientras estuvo en el hospital. Su hermana se sorprendió al ver que tampoco se presentó en el funeral, unos días más tarde. Ella fingió estar enferma y se encerró en la casa de Lucas.

En general, se piensa que una persona que pierde a sus padres, se queda con un profundo dolor y un vacío emocional imposible de rellenar. Nadie puede sustituir a los padres.

Sin embargo, Rebeca no sentía más que una sorprendente tranquilidad. Un poco de pena por su madre, pero en lo que a él se refería, pensaba que Dios, o quien sea que permitió ese accidente, hizo lo que tenía que hacer.

No le perdonó en vida, y tampoco se merecía su perdón después de morir.

"Que se pudra en el infierno" —pensó.

Su hermana se presentó en casa de Lucas después de acabar con los funerales, y le gritó y la insultó.

— ¿No te da vergüenza, pedazo de idiota? ¡Era tu padre, por el amor de Dios! Haber venido por lo menos a la misa. Pero no, tú te encierras aquí diciendo que estás enferma, y me dejas a mi sola a enfrentarme a todo aquello. Y a la gente que me preguntaba ¿dónde coño estabas tú?

¡Vaya pedazo de ingrata que puedes llegar a ser, hermanita! ¿Qué, te quedaste muda, o qué te pasa?

Rebeca escuchaba los insultos que le profería su hermana, mirándola con esos ojos suyos tan peculiares, que en ese momento reflejaban la tranquilidad de su alma.

Lucas había sido la primera persona que conoció aquello de su pasado. Ahora, le tocaba a su hermana saber la verdad sobre su querido padre.

— ¿Me acabas de llamar "ingrata", Lucia?

—Sí, he dicho "ingrata", y te lo repito si quieres. ¿Qué coño te pasa, estás loca? ¿Es que no puedes ser como todos los demás? ¿Siempre tienes que hacerlo todo a tu manera, como si te importaría un pepino el resto de los mortales?

¡Ya ni me extraña eso de que te llamen "La oveja negra", a ti, eso te queda corto!

— ¿Has terminado ya de insultarme, guapa?

— ¿Qué? Mira, lo que faltaba. Mejor me marcho, que no estoy dispuesta a aguantar tu insolencia.

Y agarró su bolso y se lo colgó al hombro, dirigiéndose hacia la puerta.

— Lucia, ¿quieres hacerme el favor de calmarte y dejarme explicártelo todo?

Tenía que decírselo, ahorra que ellos ya no estaban, le daba igual.

— ¿Explicarme el qué? A ver, ¿cómo se explica eso de no presentarte en el funeral de tu padre, y mintiendo además con que estás enferma?

Rebeca estaba perdiendo su calma poco a poco. Se giró de cara a la ventana, como para evitar que su hermana se fijara en la rabia que empezaba a reflejarse en sus facciones.

—Por mí, hermanita, espero que él haya bajado ya directamente al infierno.

¡Ese no era mi padre!

— ¿Qué coño estás diciendo, estúpida?

Y la agarró de un brazo, volviéndola de cara hacia ella, haciendo el amago de darle una bofetada, pero Rebeca le paró la mano obligándola a bajarla.

— ¡Ni se te ocurra levantarme la mano, Lucia! —le dijo empujándola hacia una silla.

— ¡Siéntate y cállate de una vez, si no quieres que te obligue a hacerlo!

— ¿Serás…?

— ¡Que te calles, por el amor de Dios! ¡Y que te bajes de una vez por todas, de esa nube de algodón en la que flotaste toda tu vida!

Lucia intentaba decir algo, pero ella no le permitió.

—Él abusó de mí, hermanita. ¡Sí, tal como lo oyes! —le dijo, al ver la cara de estupor que puso su hermana—. Desde que tenía doce años, hasta después de cumplir los dieciséis, tu querido padre me visitaba de noche. Me tocaba el cuerpo con una mano, mientras movía a la otra en la penumbra.

Lucia estaba atónita, mirando a su hermana, negándose todavía a creer lo que acababa de escuchar.

— ¡¿Qué estás diciendo?! —gritó entre lágrimas.

—Lo que has oído, Lucia. Pero claro, tú no podías saberlo, como siempre estudiaste fuera… En los meses de vacaciones, el me visitaba menos. Lo hacía cuando tú salías de noche, o cuando mamá viajaba. Aunque ella sí lo sabía.

— ¡¿Qué!? ¿Cómo puedes afirmar eso? —gritó otra vez Lucia, horrorizada por todo lo que le decía Rebeca.

—Lo digo porque lo sé.

Y secándose luego las lagrimas de la cara con las manos, le contó ese diálogo entre sus padres. Cuando él le aseguraba a su madre que "su pequeña, sigue siendo virgen".

—¡¡No, no me lo puedo creer!! —chilló su hermana. Y de repente, cogiéndose el cuerpo con los brazos, empezó a gemir doblándose hacia delante, bajo el impacto de todo lo que estaba escuchando, como si de un dolor físico se tratase.

— ¡No puede ser, no puede ser! —seguía repitiendo entre lágrimas.

Rebeca le contó también lo de la paliza que le dio a su padre. Como después de eso, varios meses el apenas si se dejaba ver por casa. Lo que para ella fue todo un alivio. Todavía le temía. Una mente perversa, se las ingenia para vengarse. Pero parecía que, como poco, la paliza le avergonzaba. No por arrepentirse él de los abusos, sino más bien por haberse dejado pillar por sorpresa.

Eso sospechaba ella.

Lucia escuchaba todo aquello y seguía llorando. Empezó a pensar que acababa de incinerar a sus padres, y ahora parecía que se había equivocado. Que esos fueron dos extraños, a los que apenas si llegó a conocer.

Levantándose de la silla con esfuerzo, cogió su bolso y se acercó a Rebeca, que se encontraba de cara a la ventana, mirando al vacio, con las lágrimas cayendo por su cara hasta el cuello. Le abrazó el cuerpo sin parar de llorar en todo momento, y después se marchó, acompañada de su dolor.

15

A las siete y cuarto, Melisa bajaba del taxi de Rebeca y tocaba el timbre del portón automático de seguridad de la casa de Sonia. Se escucho el zumbido de un contacto, y la entrada ya estaba abierta. Al llegar delante de la majestuosa casa, vieron a Sonia y a sus padres esperándolas en las escaleras de la entrada. Rebeca aparcó el coche delante del garaje y bajaron las dos.

—Esto parece sacado de una revista —remarcó ella, mirando a su alrededor.   — ¿Verdad que sí?

—Y esa con cabeza de fantasma de la ópera, tiene que ser tu amiga.

—Sin duda alguna —le contestó Melisa riéndose, y se acercaron a la entrada.

— ¡Hola familia! —saludó ella a todos—. Me alegra mucho veros juntos, aunque las circunstancias no sean ideales.

— ¡Hola cariño! —le contestó la madre de Sonia, dándole dos besos en la cara.

Rebeca se había quedado atrás, con timidez. Después de darse un apretón de manos con Andrés, Melisa se volvió acercándose a ella. Hizo las presentaciones, y emocionados todos, se dieron unos fuertes apretones de manos. Sonia abrazó a Rebeca, intentando quitarle la visible incomodidad, por saberse observada. Todos los ojos estaban puestos en ella. Andrés fue el primero en romper el hielo:

¡Rebeca, bienvenida a nuestra casa! Y solo una vez te lo diré, y en nombre de los tres: muchas gracias por tu altruismo. Es un placer conocerte.

—El placer es mío. Y sobre lo otro, me alegra haber podido ayudar un poco.

— ¿Ayudar un poco? —preguntó Sonia, y todos empezaron a reír.

Luego entraron en casa y Andrés se fue a la cocina a traer cervezas y refrescos. Las chicas empezaron a hablar sobre la llamada del oficial Sánchez, cuando Anna se acercó a Rebeca y le preguntó sobre su familia.

—Mis padres murieron hace dos años.

Lo dijo en un tono seco, tajante, como quien no quiere añadir nada más. Luego, después de unos segundos, añadió:

—Mi hermana es abogada, estudió derecho en Cambridge. Ella vive en la casa de mis padres.

Anna la miraba, extrañada por la incomodidad que denotaba al hablar de su familia. Andrés se acercó a Rebeca, diciéndole:

—Lo sentimos, la muerte de tus padres, digo. ¿En que trabajaban? Al fin y al cabo, esta ciudad no es tan grande. Es posible habernos conocido en alguna parte.

—No, no creo —le cortó ella, y luego al darse cuenta de su brusquedad, siguió diciendo:

—Él era abogado, y mi madre trabajaba para una farmacéutica alemana.

— ¿Alemana? Entonces ¿trabajaba en Alemania?

—No, no, la empresa tenía una planta de producción en Barcelona. Pero sí, ella viajaba a menudo a Alemania. De hecho, estaba más de viaje que en casa.

Todos remarcaron su tono triste al decir aquello. Las chicas, que no le quitaban ojo, vieron como esa tristeza del tono, se le quedaba como una sombra atrapada en la cara. Ella no llevaba maquillaje. Apenas si se había puesto un poco de color rosa pálido en los labios. Pero sus ojos de un negro carbón —tan extraños en una chica rubia—, brillaban aportando una luminosidad particular a su cara de tez blanca. Por el contraste y sobre todo cuando sonreía.

— ¿Tu padre tenía un gabinete aquí en la ciudad? —siguió bombardeándola Andrés con las preguntas.

—Sí, tenía.

— ¿Cómo se llamaba él?

Rebeca miró a Andrés, pensando primero en negarse a pronunciar ese nombre, y él giró la cabeza sintiéndose culpable sin saber por qué.

—Velasco —soltó ella de repente—, Manuel Velasco.

Y después se levantó de la silla, y cogiendo el vaso de refresco que tenía delante, se bebió un buen trago.

—Manuel Velasco… —repitió pensativo Andrés.

Ella se había quedado de pie, moviéndose se aquí para allá, mirando las obras de arte que adornaban las paredes, pero sin ver realmente, nada.

"Por favor Dios, que no sigan" —rezaba en su cabeza, volviéndose cada vez más tensa. Pero fue Anna quien siguió, diciendo:

— ¿Tu padre era un hombre alto y de ojos negros como los tuyos, con un lunar en la cara, justo debajo de un ojo? No me acuerdo si el derecho o el izquierdo.

Rebeca no sabía cómo, ni podía contestar a esa pregunta.

— ¿No eran esos que murieron en un accidente de tráfico? —le preguntó Andrés.

—Sí, en un accidente.

—Pues, resulta que nosotros fuimos al funeral de tu padre. A él, le conocíamos.

— ¿A, sí, le conocían? —y casi le da una risa nerviosa, por esa afirmación.

— ¿Pero entonces, porqué estaba sólo una chica rubia allí, que dijo ser la hija de ellos? Me acuerdo perfectamente de su melena rubia, rizada —dijo Anna, mirándola intrigada—. ¿Tú no estabas en el funeral?

Ella andaba de un lado a otro como un animal enjaulado.

Buscaba alguna salida para escaparse. Todos los ojos estaban fijos en ella. Se le secó la boca y apuró de un trago lo que le quedaba en el vaso que llevaba en la mano.

Melisa se levantó de repente, diciendo:

—Bueno Andrés, a ver si la dejáis respirar un poco.

—Perdona Rebeca —le dijo, acercándose a ella con aire culpable—, ya nos contarás cuando te parezca oportuno. Si es que vas a querer hacerlo, claro.

Sonia se dirigió a su padre en un tono duro:

—Pero, papá, si parece que la estáis interrogando.

El levantó los brazos con las palmas hacia delante, a modo de disculpa. Luego le pidió perdón a Rebeca, por haber insistido tanto con esas preguntas.

Anna pareció recordar de repente algo, y se levantó de la silla. Miró el reloj y dijo que tenían que pasar por el supermercado antes de cerrar.

Andrés pilló la indirecta y se despidieron para marcharse. Sonia salió con ellos hasta el coche, y al llegar allí, su padre le dijo:

—Esta chica lleva un gran peso encima, hija. Siento haber sido tan insistente con las preguntas. Pero que sepas que te doy la razón, toda ella es un enigma. Y su reacción ante esas preguntas, tú misma te habrás dado cuenta, ha sido como poco, rara.

A ver si entre las dos, Melisa y tú, conseguís aliviarle un poco eso que parece que le pesa en los hombros.

—Yo pienso lo mismo Sonia —añadió su madre—. Ésta chica sufre por algo, se le ve en la mirada.

—Prometo ayudarla mamá, pero, a ver si ella nos permitirá hacerlo.

16

Entrando en casa, fue directamente hacia Rebeca, pidiéndole disculpas por la indiscreción de sus padres.

—No te preocupes Sonia, no pasa nada. Es solo que no me agrada mucho hablar de ellos.

—Pues, entonces no lo hagas. Lo último que quisiéramos hacer, sería hurgar en tus heridas. Si algún día decidirás dejar salir eso que parece que llevas dentro y que te entristece tanto, aquí nos tendrás.

—Cuenta conmigo cuando quieres, Rebeca —añadió Melisa.

—Venga ya, chicas, no sabía que me habíais leído tan bien. Y después de eso, se quedó largo rato ensimismada, girando con la mano un vaso vacío sobre la superficie de la mesa. Estaba buscando una manera de empezar lo que iba a decirles. Lo había decidido, les contaría todo. Puede que consiguiera incluso aliviar un poco su alma, sacando todo ese peso y compartirlo con ellas.

Melisa se disculpó un momento para ir al baño, y Sonia le propuso a Rebeca quedarse a cenar con ellas, abrigando la esperanza de decidirse a abrir su corazón.

Pidió pizza por teléfono, y una macedonia de frutas. Se sentaron luego juntas en el amplio salón, Rebeca en una butaca de cuero blanco, y ellas dos en el sofá grande del mismo color, a unos pocos metros de distancia. Entonces ella empezó, diciendo:

—Lo que os voy a contar, es sórdido.

Y siguió hablando más de media hora, sin atreverse ninguna de ellas a interrumpirla, limpiándose las lágrimas y tragándose los suspiros que les ahogaban. Al llegar al dialogo ése entre sus padres, cuando ella se había dado cuenta de que su madre conocía aquello, las dos amigas escaparon unos gritos ahogados, que les fue imposible controlar.

No preguntaron nada. Sólo escucharon sus palabras, con las miradas puestas en ella, como para acariciarla, para infundirle valor. La ternura que sentían por ella les dolía en el alma.

Rebeca se mantuvo serena, hasta que llegó al episodio de su hermana con Lucas.   Al llegar allí, se paró unos segundos para respirar hondo, bebió un vaso de agua y ya no pudo aguantar las lágrimas. Fue después de ese episodio, cuando acudió al psicólogo. Se le mezclaban las cosas en la cabeza y volvieron las pesadillas.

Como no podía quedarse en su casa y vivir bajo el mismo techo con su hermana, se fue a vivir con Verónica, su única amiga por entonces.

—Pero, lo de Verónica puede esperar para otro día chicas. Me he quedado sin voz.

Bebió otro vaso de agua y Sonia se le acercó haciendo un gesto como para pedir permiso, y la abrazó con cariño. Melisa se les juntó, se les mezclaron las lágrimas y empezaron a reír. Entonces se escuchó el timbre de la puerta. Había llegado la cena. Se fueron a la cocina para tener más comodidad, y se sentaron a disfrutar de una deliciosa pizza y del placer de estar juntas.

—Rebeca —empezó de repente Sonia, en un tono serio y decidido—, a partir de hoy, nos tendrás como incondicionales tuyas. —Y miró hacia Melisa, que confirmó con un gesto de la cabeza—. Quiero decir, para lo que sea y por toda la vida.

—Si después de escuchar mí historia, todavía me queréis como amiga, yo estoy encantada, chicas.

—Venga ya, parad de una vez, que se me han empapado las vendas de lágrimas. Y tendré que aguantar hasta mañana cuando me las cambie la enfermera —les dijo Sonia sonriendo.

Se despidieron, más calmadas ya sus emociones. Luego, al llegar a su casa, Rebeca sentía el cansancio de un día largo y agotador, pero no de aquella manera como antes. Eso ya le pesaba menos en el alma.

Aquella noche durmió con una sonrisa en la cara, y no hubo ningún demonio al acecho.

17

El oficial Pepe Sánchez era un policía atípico.

Sentado detrás de su escritorio, se encontraba más en su elemento que corriendo por las calles, buscando infractores.

Inteligente, con una extraordinaria capacidad analítica, era capaz de encontrar respuestas antes de que sus compañeros se plantearan siquiera las preguntas. Se les adelantaba, siguiendo rastros invisibles para los demás, capaz de intuir motivos que justificaran acciones delictivas.

Raras veces se equivocaba, casi nunca. Su inteligencia le ayudó a subir escalones, aunque eso no constituyera una meta que él se propusiera alcanzar. De su capacidad de coordinar el trabajo en equipo, surgió un respeto que rozaba la adoración, por parte de los más jóvenes. Sus órdenes, eran leyes que ninguno se atrevía quebrantar. Ni se lo planteaban siquiera.

Con treinta y cinco años recién cumplidos y una carrera tan exitosa, muchos encontraban extraño el hecho de que seguía siendo soltero. Tampoco se le veía mucho salir en pareja. Tuvo relaciones, algunas mujeres pasaron por su vida, pero ninguna fue capaz de llegarle al corazón.

Con dieciocho años había estado enamorado, la primera y la única vez en su vida. Pero por unos errores que cometió, con la inconsciencia característica a la edad, perdió a la chica. Fue en esa etapa de su vida, cuando quería comerse el mundo. Cuando la soberbia y las experiencias que vivía bajo los tormentos de las hormonas, le hacían creerse el ombligo del mundo.

Quiso triunfar con la música, una de sus grandes pasiones, y toco en un grupo al que formó junto a dos amigos suyos. Tres jóvenes locos y hermosos, que pensaban hacer de aquello un estilo de vida.

La intensidad con la que vivió aquella época le había hecho pensar que se encontró a sí mismo, un ser inmortal que solo llegaba ser real viviendo de aquella manera. Sacaron un disco, tuvieron sus momentos de gloria y de probar cosas prohibidas. Y chicas que se volvían locas por ellos cuando se subían al escenario.

Pero la falta de experiencia y los excesos empezaron a minar la amistad que unía el grupo. Surgieron conflictos, cada uno se fue por su lado, y el éxito que tuvieron, pasó como un rayo que atraviesa el aire perdiéndose en la nada.

El sueño de ser famoso se esfumó pronto y su vida cambiaba. Él empezaba a tener otras prioridades y a valorar cosas que hacía poco, le habían parecido insignificantes. Empezaba a madurar.

Ingresó en la academia de policía, más bien por un impulso de rebeldía que por convicción. Se negó a meterse en los negocios de su familia, que no le atraían bajo ningún concepto. Allí nadie valoraba sus ideas, y él tampoco cuadraba con el perfil adecuado. Era un rara avis.

Empezó también a escribir, al sentir el brotar de las ideas en su cabeza. De las canciones que compuso en su día para el grupo, pasó a relatos de juventud, con los que llenaba cuadernos comprados en el chino. Escribía sobre las vivencias e inquietudes que marcaban su existencia, y sobre la conciencia de sí mismo. Más tarde, aprendió a desprenderse de los personajes que creaba. Dejó de empatizar con ellos y de pintarles en colores que sacaba desde lo más profundo de su alma. Así llegó a tener éxito entre los lectores.

Compartir las historias que germinaban en su mente con

desconocidos a los que consideraba como parte de su vida, le aportaba una inesperada satisfacción. Por la carga emocional que sus palabras trasmitían, los lectores sentían y vivían sus historias. Escribía bajo seudónimo, y a veces se divertía escuchando a algún compañero comentando sobre algún libro suyo. Era su secreto mejor guardado.

La escritura se convirtió en la pasión de su vida. En cualquier momento que su mente captaba, o hacia brotar una idea o una reflexión, escribía. En papel, en servilletas de bares y restaurantes, o en los bordes de los periódicos. Hasta en el prospecto del paracetamol, cuando tenía catarro. Esto no le condicionaba de ningún modo su trabajo de policía. Al contrario, compaginándolas, se compenetraban y sus energías fluían, obligándole a mantener un ritmo de vida alerta, estar siempre ocupado y hacer lo que le gustaba.

Su aspecto era más bien el de un profesor de instituto, que impone respeto sólo con su presencia. Por la forma de vestir, se consideraba a sí mismo un clásico. "Una manera decente de presentarse en sociedad, un lobo con piel de cordero", como solía decir él mismo a veces, con esa auto ironía fina que le caracterizaba, y cuya impronta hacía el deleite de sus lectores. Sus camisas impecablemente planchadas, daban envidia a sus compañeros, aunque todos reconocían que eso era más bien por su físico en general. A ninguno de ellos le quedaban tan bien las camisas, fueran ellas mejor o peor planchadas.

De constitución delgada, no superaba metro ochenta de altura, ni ponía mucho empeño en trabajar su físico. Dos veces por semana, practicaba boxeo con un ex campeón europeo buen amigo suyo. En el tiempo que le quedaba, trabajaba su intelecto. El culto al cuerpo no constituía uno de sus defectos.

18

Pasadas ya las diez de la mañana, recogió unos folios que guardó en un cajón de su escritorio y apagó el ordenador, para irse a tomar un café. En el momento en que se levantaba de la silla, alguien llamó a la puerta. Quienquiera que fuese, le invitó entrar y se quedó de pie, esperando.

Se abrió la puerta, y una mujer joven, de pelo negro, corto, se adentró en el despacho. Él se fijó unos segundos en su estatura esbelta y su ropa elegante, antes de mirarla a la cara y quedarse sorprendido por el color de sus ojos. El negro de su pelo contrastaba de una forma extraña con el ámbar de su mirada.

"Una mirada felina"—pensó el policía.

— ¿Oficial Pepe Sánchez? Soy Melisa Gutiérrez, me llamó usted ayer por teléfono —dijo la recién llegada.

—Buenos días, señorita Gutiérrez, pase por favor. ¿Es usted, la que fue víctima de ese asalto?

—Sí, una de ellas.

Y él empezó a hablarle sobre ese informe que presentaron sus agentes, y después de unas cuantas frases, con un gesto le pidió sentarse. Luego él también se sentó en su silla, quedando a poco más de un metro de distancia del cuerpo de ella. Captó un perfume suave como de flores silvestres. Una imagen fugaz paso por su cabeza. En un paisaje bucólico, la vio acostada entre margaritas y amapolas, con los brazos hacia arriba y las manos bajo la nuca... Melisa dijo algo, el volvió a la realidad y le preguntó por Sonia y su hipotética decisión de denunciar a las chicas que la agredieron.

Sacó de un cajón el informe del que le había hablado por teléfono, y ella tuvo que explicar otra vez lo de la intervención de Rebeca. No la nombró, al darse cuenta de que no le había pedido permiso para hacerlo.

—Uno de mis agentes, dice que conoce a esa joven. La apodan "La oveja negra", según él. Parece que es taxista.

Melisa seguía callando lo que sabía, para evitar crearle problemas a su nueva amiga. Como si le hubiera leído el pensamiento, el oficial continúo diciendo:

—Mire, señorita Gutiérrez, no es mi intención crearle problemas a esa joven. Por mí, ojalá hubiera más como ella, porque hoy en día pocos serían capaces de actuar como ella lo hizo. Y no me refiero tanto a la paliza que les dio a esos imbéciles, cuanto al hecho de tener el valor de defender a unas desconocidas. La gente carece de la solidaridad que se requiere en tales situaciones, prefiere mirar hacia el otro lado.

—Yo la conozco —soltó ella de repente.

— ¿La conoce? ¿Quiere decir que la conocía, antes de lo ocurrido este domingo?

—No, no, la conocí después de llevar a mi amiga al hospital, por una casualidad increíble. Fui a coger un taxi para llevarme a casa, y allí estaba ella. Es… ella es, ¿cómo le digo?

Y se emocionó tanto al recordar todo lo que ahora sabia sobre Rebeca, que se le humedecieron los ojos.

—Es una persona increíble —consiguió decir.

— ¡Ya lo creo! Por lo que me contaron mis agentes, parece que no es la primera vez que hace eso de defender a alguien en la calle —comentó el oficial.

Luego se quedó mirando como sorprendido a Melisa, cuando ella discretamente, se quitaba con la mano una lágrima de la cara.

Unos segundos largos como la eternidad, los ojos de la

mujer quedaron atrapados en la mirada del policía. En sus pupilas marrones que brillaban detrás de las gafas. Él quiso decir algo, abrió la boca y Melisa bajó su mirada por esa cara de rasgos mediterráneos, observó la nariz bien proporcionada, para quedarse luego clavada en sus labios. Mariposas volaron en sus entrañas, al imaginarse besando esos labios sensuales, que tan cerca de ella tenía.

A Pepe Sánchez se le olvidó lo que quería decir, al sentir los ojos de la mujer sobre su boca. El calor de esa mirada le quemaba los labios.

Una sensación extraña le invadió el corazón, como la perdida de algo precioso, cuando ella levantó levemente la cabeza.

Cerró la boca y tragó saliva, y Melisa se llevó la mano a los labios en un gesto involuntario. Luego continuó mirando como hipnotizada al oficial, cuando se subía una mano y se pasaba los dedos por el pelo negro y espeso, peinado con raya de lado. Se sorprendió pensando en hacer ella misma ese gesto de peinarle. Incluso deseó ser esa mano, esos dedos que abrían el espesor de su pelo.

El aire pesaba entre las paredes, y las miradas de los dos pedían gritando, en un silencio cargado y sobrecogedor.

Alguien tocó a la puerta, y el hechizo se rompió.

Con una voz ronca, Pepe Sánchez dijo "entra", y ella carraspeó tratando de volver en sí, cuando un agente uniformado entró y saludó al oficial. Le dejó unos folios sobre el escritorio, diciendo algo que ninguno de los dos llegó a entender y salió por la puerta.

El recuerdo de una canción surgió en la mente de Melisa, más acertada que nunca y dirigida a ella misma: *I put a spell on you*, con la voz de Nina Simone. Y entonces ella lo supo. Pertenecía a ese hombre que tenía delante, y al que apenas conocía.

—¿Qué…qué decía usted, señorita?

—Melisa, llámeme Melisa, por favor.

—Entonces, tendrás que tutearme. Soy Pepe ¿te acuerdas?

—Sí, claro que me acuerdo.

Y empezó a reír con una risa nerviosa, y entonces él, en un esfuerzo de reprimir su turbación, le preguntó:

— ¿Te puedo invitar a tomar un café, Melisa?

—Ji ji, sí, claro, acepto encantada.

Y en su cabeza se preguntaba ¿quién era esa desconocida que vivía bajo su piel, empujándola a hacer el ridículo?

19

En el bar "Félix" había pocos clientes, pero allí todos conocían al oficial Sánchez. Un trío de mujeres jóvenes sentadas alrededor de una mesa de madera, giraron sus cabezas en cuanto le vieron entrar por la puerta. Pero desgraciadamente, hoy venía acompañado, y tres pares de ojos lanzaron miradas cargadas de envidia hacia la mujer que iba con él. El camarero dejó lo que estaba haciendo detrás de la barra, una sonrisa de oreja a oreja apareció en su cara, y sus ojos se clavaron en la acompañante del policía.

¡Hola Manolo!

¡Hola, señor Sánchez! —contestó el camarero, pero sin desprender su mirada de la hermosa mujer.

Se sentaron en unos taburetes altos cerca de la barra y el oficial dijo riéndose:

—Oye Manolo, que está conmigo ¿te enteras?

—Sí, sí señor, ¿qué les sirvo señor?

—Yo tomare un café cortado, pero templadito por favor —pidió Melisa, cuando el oficial le indicó con un gesto que pidiera ella primero.

— ¡Pues, que bien! O sea que dos cortados templaditos ¿verdad señor? ¡Vaya coincidencia, señor!

¡Venga Manolo, deja de sacar conclusiones y tráenos esos cafés!

Luego le preguntó a Melisa si le apetecía tomar algo más, y a su respuesta negativa, pidió para él dos pinchos de atún con rodajitas de tomate encima.

Como el bar se encontraba justo enfrente de la comisaria, no tuvieron que hacer más que cruzar la calle. Pero aún así, sus cuerpos se rozaron una o dos veces y sus miradas se encontraron, buscando cada uno el reflejo de su propia turbación en el otro.

Melisa seguía en ese estado al que ella llamaba atontamiento, cuando lo remarcaba en otras mujeres. Una y otra vez, se sorprendía a si misma mirándole los labios al oficial, mientras este hablaba con el camarero. Luego, cuando él se llevó a la boca una rodajita de pan con atún, una corriente desconocida la sacudió hasta en lo más profundo de sus entrañas. Notando el fuerte calor en la cara, bajó la cabeza tratando de esconder el rubor a los ojos de su acompañante.

No se reconocía a sí misma, la sorprendía y la asustaba lo que sentía por ese hombre. Su cuerpo se derretía con solo notar su cercanía. Cada cruce de miradas entre ellos se convertía en un acto íntimo.

Él tampoco sabía cómo llevar aquello, que era como una llama que se encendía en su cuerpo, cada vez que Melisa fijaba sus ojos en él.

Tuvo miedo a que el cuerpo le traicionara y que alguien se diera cuenta de ello. Tomó lo que le quedaba del café, y vio que la taza de ella ya estaba vacía.

El camarero buscaba algo que hacer en la otra punta de la barra, mirando de vez en cuando a la pareja. "A esos dos, acaba de caerles un rayo encima —pensaba Manolo—, ya le tocaba al oficial, si señor".

Pepe Sánchez levantó una mano llamándole, y sacando de su cartera un billete de diez euros, lo dejó en la barra. El camarero le sonrió a Melisa y se quedó mirando su andar elegante hacia la salida. Vio como el oficial le abría la puerta, y le envidió por la sonrisa que ella le dirigía luego, por su gesto de caballerosidad.

"Ay, Dios mío, al señor Sánchez le ha tocado el gordo de Navidad" —reflexionó en voz alta Manolo, llevando las tazas vacías al fregadero.

Las tres mujeres, hace mucho que se habían marchado. Las miradas que cambiaba el oficial con su acompañante, les hacía sufrir. Ya no podían soñar con que algún día, una de ellas fuese la elegida.

No se lo decían, pero cada una de ellas sabía que ése era el motivo, por el que se tomaban el café, en ese bar precisamente.

"El morenazo" —como solían llamarle entre ellas— ya tiene dueña", pensaron suspirando en sus corazones.

Quedaron para el día siguiente, para acompañarle ella a casa de Sonia. Parados en la acera, a unos pocos metros de la salida del bar, el oficial la miraba buscando atrapar esa mirada felina, que ya le tenía subyugado el corazón, como si estuviera bajo el poder de un hechizo.

Como una revelación, pasó por su cabeza la idea de que su lugar en el universo ya había sido marcado. Era precisamente al lado de esa mujer que tenía delante. No se besaron. Ni siquiera se abrazaron, ya que los dos tenían la conciencia de pertenecerse el uno al otro.

—Hasta mañana, Melisa —le dijo en un tono bajo, con su voz aterciopelada, que parecía acariciar las palabras que le dirigía.

Sin sonreír siquiera. Con una seriedad casi preocupante en la cara, abrumado por el pensamiento que ella iba a marcharse y se alejará de él.

—Hasta mañana Pepe —consiguió ella contestarle con apenas un hilo de voz.

Se giró para partir, y sus manos se rozaron como si tuvieran vida propia. Se les entrelazaron los dedos, en una caricia cargada de un erotismo que ninguno de los dos había conocido antes. Él se llevó luego la mano derecha de ella a los labios y le dio un beso suave en la parte interior de la palma.

—Cuida de mi alma, Melisa —le dijo mirándola a los ojos, con la misma seriedad de antes.

Ese acto tan sublime y sobrecogedor, a ella le resultaba casi doloroso. Llevó la mano a la boca, sellando con sus labios el beso que él había dejado en su palma.

—Estará en buenas manos —susurró tragándose el nudo de emociones que le oprimía la garganta.

Él le pasó un dedo por la cara quitándole una lágrima. Sus manos se encontraron otra vez, para separarse deslizándose en direcciones opuestas.

Pepe Sánchez cruzó la calle para volver a su trabajo, y ella se alejó con pasos vacilantes por la acera. Sin saber siquiera si iba en la dirección correcta. Al llegar a la esquina, se giró para mirar atrás.

Delante de la comisaría, el oficial siguiéndola con la mirada, la mano derecha encima de sus gafas, protegiéndose del sol que le daba en la cara.

20

Rebeca estaba recogiendo la mesa después de cenar, cuando se escuchó el ruido de una llave en la cerradura de la puerta. Emocionada, dejo lo que estaba haciendo, apresurándose hacia la entrada.

Vio que la puerta se abría para dejar entrar una maleta de ruedas en color lila, seguida por su dueña, que la empujaba con el pie desde atrás. Echó la maleta hacia un lado, y se fundió en un abrazo con la joven pelirroja que acababa de entrar por la puerta. Se le enredaron los dedos en los innumerables collares que colgaban del cuello de Verónica. Porque era ella, su compañera de piso y su mejor amiga. Y algo más que eso.

—Oye, espera a que me quite esto primero —le pidió la recién llegada, sacando por encima de la cabeza, la correa de un bolso grande en color granate, al que llevaba apoyado en su cadera.

Rebeca le dijo riéndose que eso se parecía al saco de regalos de Papa Noel. Después de dejarlo en el suelo se abrazaron otra vez, besándose en la boca.

Verónica parecía haber salido de un cuadro de Tiziano. El pelo le caía en una cascada de fuego sobre los hombros y la espalda, llegándole casi a la cintura. Su piel era de un blanco rosado como la de los niños, salpicado aquí y allá de pequeñas pecas que conferían un encanto especial a su figura. Los ojos verdes como la esmeralda bajo las cejas cobrizas, la nariz recta y unos labios rojos y carnosos que nunca tocaban el carmín, hacían de ella una aparición casi angelical.

A diferencia de su amiga, las redondeces marcaban su cuerpo en unas curvas de vértigo. Los hombres giraban la cabeza para mirarla cuando salía a la calle, y muchas mujeres la envidiaban por su deslumbrante belleza. Era por eso, que siempre llevaba

vestidos o faldas amplias y largas hasta el tobillo, se pasaba alrededor del cuerpo algún fular de seda intentando esconder esa cintura de avispa, o se recogía el pelo.

No pertenecía a esa categoría de mujeres que disfrutan sabiéndose admiradas o deseadas. No le gustaba coquetear y tampoco se arrogaba ningún mérito por ser poseedora de tal hermosura. Era algo heredado, simplemente nació con ella. No entendía por qué la gente ponía tanto interés en los atributos físicos. Como si eso constituyera algún logro personal, algo conseguido con esfuerzos propios.

Le gustaba brillar por su inteligencia, y su generosidad era una de las cualidades que mejor la caracterizaban.

Después de abrir el equipaje, sacó de ese bolso grande un estuche de color azul marino y se lo puso en la mano a Rebeca.

—A ver si te gusta, porque no me dio tiempo buscar regalos. Se la compré a un artesano que trabajaba bajo un toldo en la calle.

Rebeca ya había abierto el estuche, y su cara lo decía todo. Estaba encantada. Era una pulsera ancha de plata argentina, con incrustaciones de turquesa.

—Me gusta mucho, es preciosa. Los artesanos siempre sorprenden a los turistas con verdaderas obras de arte. Tal como ésta, gracias Vero.   —Y abrazo a su amiga, perdiéndose entre collares, fulares y melena rojiza.

—Cuéntame cómo te ha ido esta semana   —le dijo Verónica—. Espero que lo hayas pasado mejor que yo, porque no hice más que trabajar.

Rebeca le contó todo sobre el incidente del domingo, y ella

se reía escuchando lo de la paliza. Cuando le habló de sus nuevas amigas, le preguntó:

— ¿Tengo que estar celosa, querida?

—No seas tonta, he dicho "amigas". A ti sólo te cambiaría por un hombre, si alguna vez encuentre a ese hombre que me enamore más que tú. Y pasándole el pelo tras la oreja, le dio un beso en la cara.

—Mientras estamos juntas, no hagas planes de futuro, querida. Centrémonos en lo nuestro —le dijo Verónica, besándola después en la boca—. Me daré una ducha, y luego hablamos de lo que quieras, o no hablamos de nada.

—Creo que lo último me gustaría más, le susurró Rebeca en el oído. Te he echado de menos.

—Y yo a ti, mi pequeña ovejita negra.

Un cuarto de hora más tarde, sus cuerpos se encontraron en un abrazo apasionado, cargado de erotismo puro y salvaje. Se perdieron y volvieron a encontrarse, bajo caricias suaves como el roce de una pluma.

21

Sonia estaba en su estudio, sentada en la silla giratoria y con los pies descalzos apoyados en el borde del escritorio. Desde esa mañana, cuando la enfermera vino a cambiarle el vendaje, no pudo dejar de pensar en lo que ella le había dicho.

Fue exactamente la replica que ella le dio a su madre, sobre las chicas que la agredieron. "Quien sabe en qué medio se habrán criado, que familia habrán tenido, que educación habrán recibido".

Sonia no le había dicho que su opinión no distaba mucho de la suya, pero desde que la enfermera se había marchado, no pudo pensar en otra cosa.

En realidad ¿qué conocimientos tenía ella sobre personas que se habían formado en medios distintos al suyo? Era consciente de que cabía la posibilidad de que sus valores no figuren entre los que esas chicas podrían tener. Y entonces, le parecía lógico pensar que ellas percibirían el bien y el mal de otra manera. Y en sus actos se reflejaría la educación recibida. O la influencia de un entorno nocivo, o de las malas compañías.

El psicoanálisis la apasionaba, leía a todos los grandes de ese sector y siempre buscaba respuestas a las incógnitas relacionadas al comportamiento humano.

¿Qué determina nuestra manera de actuar, qué nos mueve, en qué medida nos forma nuestro entorno? ¿Y nos influye ese entorno a la hora de tomar decisiones?

¿Somos más dependientes de él, que de nuestra propia lógica?

No, ella no podía ni pensar siquiera en esas dos chicas, adolescentes quizás, encerradas detrás de una puerta con barrotes de hierro. No lo haría, la decisión era suya, no se dejaría influir. Sabía que tendría que defender su punto de vista ante sus

padres, combatir los argumentos que ellos ya le habían mencionado sobre la necesidad de aplicarles una corrección. Pero aún así, no podía hacerlo. Dejaría todo en manos de la policía. Que decidan y que actúen conforme a la ley, ella se mantendría al margen. Defendería su opinión sobre el tema. Ya lo había hecho antes y sabía que argumentar en contra de las sentencias emitidas por sus padres nunca era fácil.

Hace más de un año atrás, defendió con uñas y dientes su soledad, convirtiéndola casi en un estilo de vida. Nada pudieron hacer sus padres para cambiar eso, era su decisión. Aunque resultase estar equivocada y asumirlo luego como tal. Esos recuerdos acudían a su mente cuando menos se lo esperaba.

Recordó que estuvo meses encerrada en casa después de ver aquella grabación en la que aparecía Antonio. La separación se hizo de la forma más rápida posible. Su padre y su abogado tramitaron todo, ella solo firmó unos papeles, sin mirar siquiera lo que firmaba. Había cerrado su estudio y de la inmobiliaria se ocupaba Melisa. Ella se quedó en casa, a lamer sus heridas en soledad.

 Todos los días se levantaba sólo porque su madre insistía en ello. Comía porque su madre le pedía que coma. Se lavaba porque el dolor le hacía sudar y olía mal.

Él no la buscó, ni trató de pedirle perdón, porque conociéndola, sabía que ya no tenía cabida en su corazón.

Después del divorcio, su padre le dijo que Antonio se había ido a vivir a Barcelona. A ella le daba igual donde iba él a vivir. Todo le daba igual en aquel entonces. Se había jurado a sí misma, que nunca volvería a permitir que alguien le pise el corazón, que jamás volvería a enamorarse. En aquellos meses, todo lo media por "jamás" y "nunca", porque él "para siempre" ya no existía. El "para siempre" era una utopía.

La soledad la acompañaba a cada paso por su casa. Sus pensamientos y sus penas eran solo suyas. Rechazaba cualquier vínculo, cualquier hombre que se le ofrecía para apoyarse y compartir su dolor. No podía transferir a otro eso que la desgarraba por dentro. Como en una extraña manifestación de egoísmo, se aferraba al sufrimiento y no quería dejarle escapar, era suyo.

Hasta que un día encontró a su madre llorando, mientras hablaba por teléfono con Samuel, el psicólogo. Fue entonces cuando se dio cuenta que no era la única que sufría. Su madre también sufría, su padre y Melisa sufrían por ella. Ese maldito verbo que la acompañaba día y noche, se había convertido en un marcapasos, tanto para ella, como para los que la querían.

Pareció despertarse de una pesadilla que consideraba suya, pero ellos también la vivían. Se quedó minutos largos mirándose en el espejo sin reconocer su cara. Esa cara extraña, con unas arrugas profundas surcándole la frente y el entrecejo, y decidió que no quería seguir así. Se dio una ducha relajante, enjabonándose el cuerpo con un jabón francés que le había comprado su madre y se lavó el pelo. Tenía que superarlo de una vez por todas.

Dejó todo atrás. En esa cabina de ducha, con el agua que se escurría por su cuerpo, se desprendía de su soledad y del egoísmo de su sufrimiento.

Después de secarse la piel, sacó ese perfume caro que tanto le gustaba antes de aplastarla todo aquello y se roció en las muñecas y en el cuello. Se peinó el pelo y salió decidida a afrontar la vida.

Buscó una sonrisa olvidada en algún rincón de su alma, y cuando dio con ella, se la puso en la cara y se fue a abrazar a su madre, que la miraba como a Cristo Resucitado.

22

Melisa volvió tarde del trabajo. Subió a su vivienda, y después de quitarse los zapatos de tacón, abrió la ventana de su dormitorio, quedando largo rato con la mirada perdida en el atardecer rojizo que coronaba el horizonte en la lejanía. Por la ubicación del edificio en el que vivía, se consideraba privilegiada. La pequeña colina que se elevaba hacia el norte, más allá de las altas palmeras, y que constituía la cota más alta de la geografía local, cambiaba de color cada noche bajo el aura del ocaso. El sol jugaba con las nubes escasas, dibujando y desdibujando bajo la brisa suave, en su despedida de la pequeña ciudad.

 Ella sabía que en algún lugar del panorama que tenía ante su mirada, se encontraba él. Un extraño sentido al que muchos llaman telepatía, le hacía notar su presencia. La certeza de sus pensamientos reunidos era más fuerte que cualquier otra cosa que ella había sentido jamás.

"Nos vemos mañana" —susurró a la imagen querida que tenía en mente y en el corazón, sonriendo con la mirada perdida en la luz que menguaba poco a poco, cediendo terreno frente a la oscuridad. Mientras cerraba la ventana pensando en el día siguiente, se dio cuenta de que no había llamado a su amiga.

Sonia le contestó con una voz que denotaba preocupación, y empezó a explicarle la decisión que había tomado.

—Si ya quedaste con el policía para venir aquí mañana,

tampoco está mal. De esta forma podré exponerle yo misma mis argumentos, porque no voy a hacer ninguna denuncia. Ya te lo explicaré más tarde. O, mejor todavía si os explico a los dos a la vez, mañana.

—Sonia, yo también tengo que decirte algo, para no parecerte raro si observarás cierto acercamiento, por llamarlo así, entre el oficial y yo. Creo que me enamoré de él. No, ¿qué digo? Es mucho más que esto. Fíjate que nunca he creído en eso del amor a primera vista, pero me ha tocado, y bien hondo. Tanto que no sé ni cómo explicarlo. Si te digo que tuve como una revelación y sentí con todo mí ser que él es mi hombre, ¿te parecería exagerado esto? Pues, creo que no lo es.

—Melisa, mira que me haces llorar, claro que no lo encuentro exagerado. Me alegro mucho por ti. Y me imagino que tiene que ser una persona interesante. Como te conozco bien, ya sé que no sucumbes fácil ante los encantos varoniles. Por consiguiente, tiene que ser especial.

—No sé qué decirte amiga, ya que todavía estoy como si me hubiera atravesado un rayo. ¡Ojalá llegues a vivir esto! Apropósito, ¿el doctorcito despeinado te llamó? Si no recuerdo mal, te pidió el número cuando te dio el alta.

—Todavía no, pero estoy esperanzada. Ya verás cómo va a caer rendido cuando me vea la cicatriz —dijo riéndose—. La auto ironía es muy buena compañera para mí, últimamente.

—Sabes que te quiero Sonia ¿verdad?

— ¡Uf, pues sí que estás tocada chica! Parece que cuando nos enamoramos queremos a todo el mundo, se nos desborda todo. No me hagáis esperar mucho, no puedo con mi alma por la curiosidad. Aquí os espero. Y, Melisa, yo también te quiero, y me alegra saberte feliz.

—Nos vemos mañana, Sonia.

23

Unas semanas más tarde, un domingo por la mañana, dos siluetas femeninas se desplazaban por el camino que cruzaba la pradera colindante a la ciudad, hacia el norte. Después del chaparrón que refrescó el aire de madrugada, era un verdadero placer atravesar ese paisaje bucólico, bajo el sol veraniego, todavía clemente a esas horas de la mañana. Ambas mujeres eran jóvenes y la ropa deportiva que llevaban dejaba entrever sus siluetas esbeltas. Unas viseras blancas las protegían del sol. Un ojo curioso si se hubiera acercado para mirar más detenidamente sus caras, hubiera visto que una de ellas, tenía en la parte baja de la mejilla izquierda, una fina cicatriz rosada, bordeada por ambos lados por unos puntitos apenas visibles.

El ritmo de sus pasos era el de siempre, aunque esta mañana, por la conversación que llevaban, aflojaron la marcha repetidas veces.

—Son demasiadas casualidades, Melisa. No sé si tú te has parado a pensar en todo lo que generó en nuestras vidas ese incidente. Primero, conocimos a Rebeca, que por casualidad pasaba por allí. Luego tú fuiste a la Policía para aclarar lo del mismo incidente, y allí encontraste al hombre de tu vida. Yo llegué al hospital por esa herida, y allí conocí al "doctorcito despeinado" como le llamas tú. Que dice estar enamorado de mí y de mi preciosa cicatriz. Luego conocimos a Verónica y a Víctor, que, dicho como de paso, creo que bebe los vientos por Rebeca.

—Claro que he pensado muchas veces en estas casualidades Sonia. Pero como sabes, yo creo en Dios, y en todo esto yo veo su voluntad.

¿Sabes que Pepe piensa escribir una novela sobre todo esto? No aparecerán nuestros nombres, tranquila, lo suyo es la ficción.

—Estupendo, creo que debería llamarse "La dama de la cicatriz". Suena bien ¿verdad?

Empezaron a reír, luego Melisa le contestó:

—Sí, no está mal, pero algo me dice que la protagonista va a ser Rebeca. Por cierto, la semana que viene, Verónica y ella viajarán a Roma. Creo que para una semana.

—Hablando de Rebeca, mira eso, por si querías otra casualidad.

Al lado derecho del camino, tras una malla de alambre, a menos de cien metros de distancia de donde se encontraban ellas, un pequeño rebaño de ovejas blancas, pastando tranquilas en el campo. Apartada del grupo, rompiendo con furia unas matas de hierba de un verde oscuro, una sola oveja negra, que parecía estar allí simplemente para el contraste.

— ¿Tú crees que lo hacen apropósito?

— ¿El qué?

—Esto de dejar a una oveja negra entre tantas otras blancas.

—No lo sé, pero no deja de ser raro. Y mírala, como si supiera que es distinta. Se separa del rebaño y va por su camino. O puede que las otras la habían expulsado del grupo, por ser diferente.

—Esto no puede ser. Dicen que las ovejas son tontas.

—Pero, ¿y sí el camino que ella elige es el correcto, y las demás están equivocadas?

—Buena pregunta. Esto invita a reflexionar, y mucho, así que tendremos tema para todo el verano.

—Sí, le llamaremos "El verano de la oveja negra".

Sonriendo, retomaron el ritmo habitual de sus pasos,

pensando en las casualidades. Y en las personas que se atrevían —o por circunstancias de la vida, cuando no por la repercusión de las acciones de otros sobre ellas, se veían impulsadas—, a ser diferentes. No siempre era una elección propia. Ya lo veían más claro que el agua.

Made in the USA
Middletown, DE
09 March 2018